弗·施勒格爾
與
德國古今之爭

王淑嬌 著

財經錢線

目　錄

緒論 / 1

第一章　法國古今之爭：產生、過程與理論依據 / 12

第二章　德國古今之爭的緣起 / 23

第三章　德國古今之爭的主要論爭問題 / 41

第四章　德國古今之爭的實質 / 77

第五章　「古典階段」：客觀的詩與有趣的詩 / 89

第六章　「浪漫階段」：古典詩與浪漫詩 / 96

第七章　小說理論：反對古典主義每一種形式的極端 / 106

第八章　弗・施勒格爾的反基礎主義哲學與美學 / 115

參考文獻 / 129

緒論

　　西方文學史與思想史上的古今之爭有廣義和狹義之分。一般認為，廣義的古今之爭可以從義大利的文藝復興算起，直到當代為止。① 的確，早在文藝復興時期，文學領域便掀起了古今之爭的第一次高潮，且直接觸發了17世紀的法國古今之爭。但是，從更寬泛的視野來看，如果拋開發生在西方特定歷史時期的古今之爭不論，各國各階段的文學史、思想史上幾乎都發生過古代與現代的論爭，文化上的復古與崇今似乎是一個永恆的話題。

　　根據堯斯在《現代性與文學傳統》中的觀點，「現代」一詞最早出現在5世紀，在此之後，「現代」這個詞一直都在重複表達著同一個意思，即「一個時代將自己訴諸過去的古典主義，其目的就是表明當下正是傳統更新換代的結果。歷史更新到一個與過去的古典時代完全不同的階段，『現代』這個詞就會被用來定義這個全新的時期」②。因此可以說，「古今之爭」在作為專有名詞被定義之前早就已經存在。只要有古典與現代、傳統與先鋒、靜止與運動、倒退與前進、封閉歷史觀與進步歷史觀彼此間的對立與抗衡，就存在著更廣泛意義上的古今與新舊之爭。

　　狹義上的古今之爭指17世紀發源於法國，後傳至歐洲諸國的一場關於古代藝術與現代藝術、古代與現代孰優孰劣的論爭。作為專有名詞的「古今之爭」首先出現在法國學者里高特的《古今之爭史》中。里高特第一次詳盡地闡釋了發生於法國的古今之爭，並用「古今之爭」一詞指稱由法國傳到英、意、德等國的這場「古代作家和現代作家誰更卓越」的大辯論。

　　單就德國一國而言，古今之爭涉及的思想家為數眾多。根據彼得·K.卡皮查在《學術世界裡的資產階級戰爭：德國古今之爭史》③ 中以編年方式收集

---

① 雅克·勒高夫在《歷史與記憶》「古代/現代」部分就持這一觀點。
② 汪民安，陳永國，張雲鵬. 現代性基本讀本（上冊）[M]. 開封：河南大學出版社，2005：108.
③ PETER K KAPITZA. Ein bürgerlicher Krieg in der gelehrten Welt: zur Geschichte der Querelle des Anciens et des Modernes in Deutschland [M]. München: WilhelmFink Verlag, 1981.

的文獻來看，約翰·雅各布、弗里德里希·克萊曼、威廉·坦澤爾、盧多爾夫·庫斯特、戈特霍爾德·萊辛、哥特弗里德·歐萊利烏斯、丹尼爾·莫霍夫、弗里德里希·席勒、約翰·赫爾德、弗·施勒格爾等思想家均參與了這場論爭。在德國，古今之爭從文學領域擴展到科學、歷史、哲學、社會等多個領域，並成為推動德意志社會現代化轉型的思想史事件，哈貝馬斯就曾將其視為現代性進行批判性自我確證的出發點。但是，與同為重大思想史事件的文藝復興、啓蒙運動等相比，德國古今之爭受到的關注和研究卻很少。

　　道格拉斯·佩蒂在《古與今》一文中頗有見地地指出，由里高特最初命名的古今之爭事實上是思想史上的重要轉折點，正是在對古代權威的反思中，18 世紀的文學批評及新興思想才得以產生。在他看來，整個 18 世紀的主要批評理論始終圍繞著古與今的論爭，幾乎就是古今之爭「延長的尾聲」，只是在 18 世紀中後期，思想家們將古今之爭擴展到了文學以外的其他領域。① 然而，佩蒂沒有提及的是，古今之爭，尤其是德國古今之爭，在思想史上的影響則遠不止於 18 世紀。

　　就文學層面來看，德國古今之爭是對 17 世紀古典主義的反思；就哲學層面來看，是對理性主義和科學主義的反思；就社會和人生層面來看，則是對現代文明社會中精神荒蕪的反思及對生命之根的追尋。相應地，德國古今之爭所要爭得的「權益」也可以從這幾個層面來理解：追求真正的古典精神與現代形式的結合；恢復感性、想像、幻覺等非理性因素在文藝和哲學中的地位，以此調和純粹理性所帶來的僵化和枯燥；以人性教育代替純粹理性教育，挽救屬於人類最本真的思維方式和生存方式，以人性的詩意化和理想化作為社會詩意化和理想化的前提。

　　而以此為肇端，則實現了：從強調本質、本體、存在的傳統形而上學到強調生成、創造、過程的生命哲學的過渡；從以主客二元模式為核心的認識論美學向重視個體感性生命價值的生存論美學的過渡；生命的激情、原始的慾望、生存的焦慮等上升到哲學本體的地位，取代了傳統形而上學中從自然實在或抽象理念出發所設定的各種本體論體系；純粹的思辨理性喪失了在傳統哲學中的權威地位，主體感情、體驗、想像一類被置於重要地位；與現實經驗相對且象徵著自由生命力量、詩意生存方式的詩或審美（需要注意的是，在德國思想傳統中，詩不單指文學作品，它更具有生存論上的意義），成為在濁世中掙扎

---

① DOUGLAS LANE PATEY. Ancients and moderns from the Cambridge history of literary criticism IV [M]. Cambridge：Cambridge University Press, 1997：32-71.

的現世人生的生存依據，並逐漸成為哲學探討的核心。

由此，詩與人生的合一成為哲學的主題，並以此形成了一股以重視個體感性生命、高揚生命意志，用自然人性反思技術文明，追求人生的詩化以及有限與無限、理想與現實、感性與理性、自然與自由的超越性同一，向遙遠的古代或遙遠的地域尋找理想生命形態等為核心主題的浪漫主義哲學思潮和思想傳統。① 不管是浪漫派的新神話，尼採的酒神精神、超人意志，海德格爾對詩意世界的呼喚，馬爾庫塞的審美革命還是 20 世紀盛行的各種強調表現的現代藝術流派，一定程度上都可以說與德國古今之爭所實現的「兩種解放」密切相關：一種從新古典主義的判斷中解放出來，一種從否定了直覺的啓蒙主義理性中解放出來。②

德國古今之爭本身並非一場旗幟鮮明、陣地明確的思想潮流或社會運動，為數眾多的參與這場論爭的思想家們，作為具有不完全相同氣質的個人，又為何會先後走在相似的道路上呢？他們之間又如何能相互理解呢？雅克·巴尊在《古典的、浪漫的、現代的》一書中認為，我們在判斷一種文化現象、思想傳統或劃分某個文化週期時，不是依據其中的思想家們所提供的答案，而是需要以其提出和關注的問題為依據。就德國古今之爭而論，以其為開端的將生命、情感提高到本體地位的哲學思潮與近代科學和理性的張揚有著千絲萬縷的聯繫。

法國實證主義哲學家孔德將人類的精神/理智發展分為三個階段：神學階段，即將神的意志作為一切因果關係的根據；形而上學階段，即抽象觀念代替神的意志成為解釋事物的終極原因；科學階段，即以科學方法探索世界的本質，力求獲取支配社會和自然的規律。17 世紀的歐洲可以說已經進入孔德所劃分的科學階段，其典型標誌是，以數學為根基的科學式思維方式成為人們解釋和思考客觀實在的主要乃至唯一工具。科學知識在深化社會現代化的同時也逐漸改變著人們的思維方式和生活方式，使人與自然、人與世界、人與自身的關係受到前所未有的拷問。以科學技術的發展為進步標誌的現代社會因此被吉登斯稱為「風險社會」。稱現代社會為「風險社會」並不意味著傳統社會就不

---

① 根據韋勒克的觀點，歐洲浪漫主義思想傳統具有三個典型標誌，即自然與人的和諧、詩意的想像、神話的使用。在這一思想傳統下的思想家們設想自然本是與人融為一體的，只是現代社會的工業文明打破了人與自然的和諧關係，所以他們的使命就是重新恢復人類最原初、最本真的自然狀態，他們最終求助於神話和象徵，也即是在詩意的、想像的審美狀態中實現人性與自然的同一。

② 歐文·白璧德. 盧梭與浪漫主義 [M]. 孫宜學，譯. 北京：商務印書館，2016：81.

存在「風險」，只是傳統社會的風險多來自自然界，屬於「自然風險」，而現代社會的風險卻是人為的、不確定的，最可怕的結果可能是科學技術的完全勝利將會創造出一個沒有人的世界。

在一個從認識主體出發尋求自然知識可靠性的時代裡，人該如何生活、何為健全的人性，幾乎已變為單純的邏輯問題和理性問題。人們借助科學知識尋求客觀經驗的絕對有效性時，忽略了在數學的明晰性、精確性、邏輯性之外還有其他可能，因此也就弱化了想像、幻覺、情感、靈性等因素。在整個時代都埋頭於為自然、為社會尋找理性根基之時，「返歸於心」似乎成了一個虛妄的話題。靈魂顫抖時的喜悅與感動、神祕時刻的虔誠領悟、愛與痛的不盡糾纏、本真性的感情流露，凡此種種，皆不是靠數學和邏輯的推理方式所能感觸的。雖然人類對外在物質的佔有和控制能力越來越強，卻是以人類內在精神的荒蕪為代價的。

上帝死了，西方人傾註了全部情感依傍與精神信仰的舊的價值世界崩潰了，理性和科學思維方式對文學藝術和倫理道德的滲透又無情地使建立新的價值世界成為不可能，於是世界陷入荒誕、冷酷、虛無之中，而人類自身也逐漸成為技術時代統治下的犧牲品，憂鬱、沉悶、焦慮、感傷幾乎成為一個時代的情緒。伴隨著法國大革命而來的專制、暴力、血腥、道德敗壞無疑又加重了德意志精神的沉鬱，使得思想家們對啓蒙理性所許諾的人間自由天堂變得審慎甚至懷疑，弗·施勒格爾就對法國大革命最終走向自由的反面表示震驚：

法國大革命可以成為各國歷史上最偉大、最值得注目的現象……或者視為所有革命的原型，絕對的革命。……法國大革命還可以被看作時代最可怕的怪事，時代所有最深刻的偏見和把時代推入一個殘酷的天翻地覆之中這種最殘酷的制裁混合在一起，交織成一出不能更奇異的巨大的人類悲喜劇。①

於是，反對以理性主義為基礎的認識論對人性、社會和宇宙問題的詮釋成為對現代文明深感憂慮的思想家們的共同選擇，他們無法忍受對人生的機械式說明、無法忍受對整個世界神聖性和詩意性的褻瀆、無法忍受人類內在靈性的喪失，他們與以理性為根基的傳統形而上學哲學體系、以數學為根基的現代科學主義進行抗爭，力圖挽救在技術狂潮中閃閃滅滅的那一丁點人性之星火，力圖在新的人性啓蒙的旗幟下克服現代人性普遍的內在分裂，以重新實現古希臘式心靈的本真與純化。一股新的人本主義、生命主義思潮就此在理智主義盛行

---

① 施勒格爾. 雅典娜神殿斷片集 [M]. 李伯杰，譯. 北京：生活·讀書·新知三聯書店，1996：141.

的 17 世紀和 18 世紀蔓延開來。

盧梭斷言，科學和現代文明的進步只會帶來災難。席勒認為，現代社會的機器生產將人變為碎片，使人喪失了與自然一體的和諧。伽達默爾稱現代人對人生的終極價值感到茫然，甚至越來越意識不到自己的精神本身。海德格爾預感一個喪失神聖性的技術時代會逐漸取代天、地、神、人的合一之境。在這些思想家眼裡，人不再因具有理性能力而變得萬能，他們是如此渺小、孤獨、可憐，甚至找不到自己的安身立命之所。有限的生命如何尋得超脫、功利時代的人性該如何得到救贖、靈魂又該何去何從等，成為 18 世紀之後一代又一代德國知識分子的人生之問、社會之問、宇宙之問。

於此，德國古今之爭中的思想家們尋到了相似的解決之途：以生命哲學、浪漫之思、古典人性、詩化人生作為追問存在的根據，由此出發，叔本華、尼采、狄爾泰、荷爾德林、馬爾庫塞等後世思想家們的思想都可包括進由古今之爭所醞釀出的思想傳統之中。而這些思想家們所思所想所做的，都只是試圖以同一性精神彌合現代分裂，盡力克服主觀與客觀、自我與世界、有限與無限、意識與無意識、經驗與超驗、文明與文化之間的尖銳對立。而能否解決以及如何解決普遍分裂這一嚴峻的問題，最終引導思想家們將哲思落在詩的審美功能與仲介作用之上。由此，浪漫哲思傳統中的哲人們便走在了兩條相似的道路上，即在現代文明中復興真正的古典精神以實現世界本體的詩意化和審美化，以及以生存的、詩意的本體論修正以主客對峙為基礎的形而上學認識論。

一、復興真正的古典精神

18 世紀，對規範性的狹隘追求「標誌著從古典主義到偽古典主義，從形式到形式主義的倒退」①。法國偽古典主義傳統傳入德國後，雖然對德意志民族文學的建立具有不容忽視的重要意義，但其逐漸固定下來的僵化模式遭到了諸如萊辛、席勒、赫爾德、施勒格爾等學者的批判。他們認為，法國偽古典主義之所以「偽」，其原因就在於歪曲了亞里士多德關於戲劇創作規範的本義，而將諸多教條式的規則強加於創作之上：

法國人誤解了古代戲劇的規律，比任何別的民族都誤解得厲害。一方面，法國人在亞里士多德的著作中找到了一些有關戲劇的最方便佈局的偶然議論，

---

① 歐文・白璧德. 盧梭與浪漫主義 [M]. 孫宜學，譯. 北京：商務印書館，2016：39.

就以為這些議論帶有根本的重要性；另一方面，他們又用各種各樣的限制和解釋，把具有根本重要性的觀點加以閹割，以至於這種觀點不可避免地只能產生這樣一些作品，這些作品必然遠遠達不到亞里士多德按他的規則所指望的最好效果。①

事實上，偽古典主義以「古典」之身分在德國喚起的是強調與現代形式相融合的真正的古典精神。薩弗蘭斯基如此描述「古典主義」在德國的勝利：「自溫克爾曼始，在德國又有了關於希臘，以及在較小範圍內，古羅馬的典範特徵的爭論。那是自 17 世紀末起，精神的法國推出的一次論爭即『古今之爭』的繼續。……在法國，這場論爭的結果更有利於自信的『現代派』。但是，當爭論於半個世紀後在德國重現時，占上風的是『古典主義者』。」② 在德國，「古典主義者」企圖復興的正是真正的古典主義精神，即以限制、均衡、和諧、綜合為本質的希臘世界古典式的人本主義。

面對文化的頹廢和荒涼景象，德國思想家們一度向以古希臘或中世紀為代表的古典文化傳統尋求解救之良方。如何復興真正的古典精神、發掘古典傳統的現代意義，既促進現代人性的發展又避免沉入歷史的遺跡，如何在人類歷史發展的同時保證人性的健全、實現政治的自由是席勒「希臘理想」的最終理論指向。白壁德在《席勒與浪漫主義》一文中用「浪漫的希臘主義」形容席勒所構建的理想的希臘世界，認為正是在席勒的影響下，「希臘精神才成為無盡的朝聖之旅中的聖杯」③。席勒的希臘，是一個已然逝去且無可挽回的理想化的黃金時代、是美和詩所棲居的自由領域、是人類世界可能性的另一種選擇，席勒的希臘人則是結合了理性與感性雙重天性的「審美之人」和「完整之人」。在《理想和生活》中，席勒以希臘神話世界為藍本，表達了對理想生活的執著信念：

幸福的天神在奧林匹斯山上，生活就像清風一樣，永遠澄澈、清如明鏡而平穩。

儘管日月推移，人世代謝，他們青春美好的盛開的薔薇，卻在永劫之中沒有變更。

對於感官享樂和心靈平安，世人還憂心忡忡，不知取捨。但在崇高天神的

---

① B. 鮑桑葵. 美學史 [M]. 張今, 譯. 北京: 中國人民大學出版社, 2010: 199-212.
② 呂迪格爾·薩弗蘭斯基. 席勒傳 [M]. 衛茂平, 譯. 北京: 人民文學出版社, 2010: 254.
③ IRVING BABBITT. Schiller and romanticism [J]. Modern Language Notes, 1922, 37 (5): 257-268.

額頭上面，卻閃耀著和諧的光輝。

……

芬芳的勝利花冠在那裡飄動，並非要你急於戰鬥，而是讓精疲力盡者消除疲勞。

……

可是，如果勇敢堅強的翅膀垂了下來，感到被束縛的苦惱，那麼，你就看看奧林匹斯山上，那能飛達的快樂而又美麗的目標。①

古希臘諸神的世界是席勒理想生活世界的最好象徵，這裡無拘無束，年輕活潑的心永遠沐浴在和煦的清風中。在寧靜簡淡的心緒裡，人的生命超越一切限制而處於審美境界的無牽無礙之中。在席勒的「理想生活」裡，自然、神、人三方在相互的游戲中顯現自我，且共同生成一個游戲著的，同時也是作為現實世界之依憑的詩的世界。

赫爾德看到德意志從中世紀開始就切斷了與民族傳統之間的聯繫，因此失掉了真正的民族性。為了重新喚醒民族精神，德意志必須「回到」中世紀，借助作為民族活檔案的民間文學重新回到民族精神的源頭，從傳統斷裂的地方重新開始德意志的文化，借由民族輝煌的過去營造美好的明天。在施勒格爾這裡，古希臘的詩歌和神話都是古希臘精神的真正中心和代表：一種象徵著主觀與客觀、個體與世界、思維與存在未曾分化的自足的整體。然而在已經普遍分裂化的現代，由於現代旨趣和古代旨趣的不同，想要完全復興古代詩歌和古代神話幾乎是不可能的事，新神話只能是在現代形式下對詩化世界的再現。

尼采帶著與席勒和施勒格爾同樣的目光，關注希臘古典文化傳統，並在古希臘悲劇精神中找到了生命意志的原始顯現：「希臘人在薩堤兒身上見到的，是未受知識沾染，未入文明門閥的自然……薩堤兒是人類的本相，是人類的最高最強的激情之體現，是因接近神靈而樂極忘形的飲客，是與神靈同甘共苦的多情的伴侶，是宣洩性靈深處的智慧先知，是自然的萬能性愛之象徵。」②

海德格爾則認為希臘諸神和自己時代的諸神、希臘的歷史遺產和自己時代的遺產、希臘精神的重要意義和創建自己時代的精神價值是同一的。因此，對希臘的追憶也是在傾聽現代早已黯啞的最本真的生命之音。對於希臘藝術的消亡，海德格爾認為除了懷舊和哀悼，我們並非無事可做。相反，我們需要求得希臘藝術的現代性迴歸，如此方能抵抗時代的貧瘠。

---

① 席勒. 席勒詩選 [M]. 錢春綺, 譯. 北京：人民文學出版社, 1984：35-42.
② 尼采. 悲劇的誕生 [M]. 周國平, 譯. 南京：譯林出版社, 2015：255.

思想家們深知，希臘古典世界的實際情況並不與他們幻想中的審美世界的狀況一致，他們也並不致力於對一個已經逝去且無可挽回的時代進行具體的歷史性描述，而是試圖在古典式的人本主義中尋找另一種可供選擇的人類生活和世界存在的基本方式，以此解除自身所處時代的各種強制與束縛。他們對遠古文化傳統的崇拜來源於他們在古代世界中找到了個體的現代人所不具備的完整人性，他們也因為在真正的古典精神中看到了其孜孜以求的自由精神而生出改革現代文明的信心。「回鄉」——不管是回到古希臘還是回到中世紀，總是意指回到生命最初的存在之思，回到未被技術文明沾染的審美之境，因此可以說，「回鄉」與世界本體的詩化實則只是問題的一體兩面——成為18世紀之後德國思想家們的重要主題，由此德國文壇和思想界始終回蕩著一曲德意志的鄉愁之歌。

二、世界本體的詩化和審美化

自古希臘開始，人類就以其薄弱的力量認識、把握世界，尋找自然的終極依據。但就如尼采所批判的，人類精神早在蘇格拉底提出「知識即美德」這一形而上學論斷即以理性和邏輯推理指引人生存之時就逐漸開始衰敗：

在科學的神祕論者蘇格拉底之後，哲學的派別相繼而興……一種料想不到的廣泛的求知欲普及於全知識界。仿佛求知是一切得天獨厚的人們的特殊任務，這就是把科學引入汪洋大海之中，從此它一去不返。①

作為純理性和推理的代表，蘇格拉底宣揚了這樣一種人生觀：唯有掌握科學知識，生命才是合理的。也正是基於這一信念，求知欲無限膨脹的人類推動著科學技術發展的車輪一往無前。科學逐漸代替藝術、詩歌、神話成為世界的基本甚至唯一依據，隨之而來的問題卻宣告了這一信念的破產：知識的完備仍然無法回答生命價值與人生皈依的問題。

狄爾泰深刻地感受到了思想和時代氛圍的風雲變幻，預見一種新的哲學模式將會產生：「我們正處於傳統模式的形而上學的終結之時，同時又在思考要終結科學哲學本身。這就是生命哲學的興起。每一次新的擴展都要拋開一些形而上學的成分，更加自由獨立地去開拓。上一代人中有一股主導力量形成了：叔本華、瓦格納、尼采、托爾斯泰、羅斯金、梅特林克逐一對青年一代產生影

---

① 尼采. 悲劇的誕生 [M]. 周國平, 譯. 南京：譯林出版社，2015：255.

響。他們與文學的天然聯繫增強了他們的衝擊力，因為詩的問題就是生活的問題。」①

現代社會生活情境的改變宣告著以理性為核心的形而上學體系的岌岌可危，隨後詩和藝術進入哲學本體之域，抽象的概念不再是哲學之思的唯一主題，生命、生存越來越受到思想家們關注。「詩的問題就是生活的問題」，詩不僅成為文藝、哲學問題，而且代表著人的生存本身。世界本體的詩化和審美化在席勒的美學思想中初見端倪，經過德國浪漫派、叔本華、尼采、狄爾泰、海德格爾等的發展而逐漸清晰和明確起來。

在席勒的理論邏輯中，審美狀態是自然狀態過渡到道德狀態的必要仲介。但他實際呈現給我們的卻是：完整人性的生成是從自然人、道德人過渡到審美的人，審美心境高於倫理自由之境。席勒的審美教育、審美人性的生成在此暗示著人的感性能力的審美解放是建立自由社會的真正前提，人唯有通過審美方能通向自由。如此這般，人生意義的問題、社會變革的問題都被置換為審美問題。審美和詩歌具有消除普遍分裂的同一性功能就在席勒這裡定下了調子，之後便開啓了世界本體的詩化過程。雖然哈貝馬斯將《審美教育書簡》稱為「現代性審美批判的第一部綱領性文獻」，並在作為仲介形式的審美中發現了「主體間性」的萌芽，但席勒確實是在西方二元論傳統下成長起來的思想家，他在克服抽象性、思辨性的二元論的同時又提出了一系列新的不容易克服的對立②，而這預示著後來更高意義上對同一性的理論訴求。

在赫爾德這裡，「美」本身就是「多」與「一」的矛盾統一體。他對多重性的信仰、對不同文化共存的信仰、對審美多樣性的信仰總是與對統一性和有機性的追求結合在一起，「一」與「多」之間的張力始終存在於赫爾德的思想深處。赫爾德對「一」的討論在其著作中反覆出現：我們的地球是眾多星球中的一星，各個時代和民族共同構成歷史的存在巨鏈、真善美的有機統一等。赫爾德雖然表面上為我們編織了一幅看似混亂、豐富的多樣性圖景，但追求差異中的統一一直是赫爾德思想的核心內容，這同時也成為其歷史主義不至於走向相對主義的理論保障。

---

① 劉小楓. 詩化哲學 [M]. 上海：華東師範大學出版社，2007：198.
② 席勒傾向於採用二元模式進行論述——動物性與精神性、感性與理性、自然性與人為性。這種劃分實際上是一種典型的二元論，它將原先統一的事物割裂開來，再求諸藝術獲得重新的統一。維塞爾在 The Antinomic Structure of Friedrich Schlegel's Romanticism 中就認為，席勒對素樸與感傷的區分以及尋求二者間的協調，其本身就是「康德純粹理性悖反的精神等價物」。席勒雖然開啓了審美同一性的詩化過程，但同時也遺留下了更多的難題。

在此之後做出嘗試的是德國早期浪漫派，他們將詩設定為一種真正的實在。諾瓦利斯主張人生和社會的詩化、浪漫化，認為詩才是真正絕對的實在。詩的世界與象徵污濁現實的散文世界截然對立。在庸俗的散文化環境中，人毫無自由可言，唯有反抗生活的散文化，促進人生的詩化，才能獲得真正的自由；世界必須浪漫化，人們才能找到世界的本意。何謂世界的詩化呢？世界的詩化就是以超功利的、超世俗的眼光，從一個更高的、超驗的、理想的角度重新感受世界，也就是諾瓦利斯一直強調的：給尋常事物賦予崇高的意義，使已知的東西恢復未知的神祕，使有限的東西具有無限的表象。在早期浪漫派這裡，「詩」是一種脫離現實束縛，達到絕對自由的仲介；是有限的生命通過想像、幻覺把握無限的途徑；是能消解異化感的理想生活世界；是現實人生和現實世界存在的依據。美國文藝理論家維塞爾就曾將德國早期浪漫派的這種思想觀念稱為本體論詩學。

在叔本華這裡，浪漫派「詩與人生合一」的命題一度衍化為詩是人生苦痛的暫時解脫這一悲觀主義論調。尼采將叔本華的意志本體論做了從否定生命到張揚生命的變革。尼采反對理性和科學對生命意志的束縛，這一點與席勒和浪漫派提倡世界本體的詩化一脈相承。尼采預感到，將要產生一種新的知識，一種「快樂的科學」，即關於人生的藝術化的知識：「一種新的認識，悲劇的認識，突然浮上心來，那就需要藝術的保護和救濟才能忍受得住。」[①] 他在古希臘的悲劇精神中找到了代表生命意志本身的詩。在這裡，人的生命本能與酒神的醉境、日神的夢境和諧交融，一切分裂的、疏遠的都再度統一，由夢境與醉境共同營造的詩境本身就是生命意志勃發的催化劑。因此，尼采斷定，只有作為審美的世界，才將永遠是合理的世界。

海德格爾將世界本體的詩化傳統進一步向前推進。海德格爾不僅試圖從藝術作品本身追問藝術的起源和真理，而且最終指向存在之思，導向對「在」的理解。他反覆吟唱荷爾德林的詩句「人詩意地棲居在大地上」，認為尤其是在荷爾德林晚期的讚美詩中，「存在」以另一種顯現的可能性期待著我們。在對荷爾德林的研究中，海德格爾逐漸賦予藝術尤其是詩歌帶領我們進入存在、重建被現代所摧毀的天空與大地、人與神的無限關係的使命。

德國古今之爭以審美為途徑尋求普遍分裂的統一這一方式在德意志復興了真正的古典精神，使古典文化傳統成為改革人性和改革社會的理論資源；由作為德國浪漫主義哲思傳統之父的席勒所開創的以詩的方式實現有限的超越、人

[①] 尼采. 悲劇的誕生 [M]. 周國平, 譯. 南京：譯林出版社, 2015：247.

生的詩化、分裂的統一這一審美解放和救贖方案，經由赫爾德、施勒格爾、叔本華、尼採、海德格爾等思想家的進一步發揮，在整個19世紀乃至20世紀的德國歷史和思想史中留下了深刻的印痕。由此我們可以說，德國古今之爭既是一種審美化、詩化的哲學話語，是對工業文明進行反思的現代性話語，也是以審美為本的人本主義話語。

第一章　法國古今之爭：產生、過程與理論依據

　　17世紀，法國文學的主流是古典主義。所謂「古典主義」，是指按照絕對王權的政治和藝術要求所創作的在政治上歌功頌德、擁護王權，以笛卡爾的唯理主義為哲學基礎，藝術實踐上借用古代題材、以古希臘和古羅馬為典範，嚴格按照各門藝術的規定法則進行創作，追求結構的嚴謹、語言的清晰典雅、具有纖細的宮廷審美趣味的文學藝術。

　　17世紀的法國是君主專制的國家，尤其到路易十四親政之後，宣布「朕即國家」，由此便開啓了王權空前集中的「太陽王」統治時期。從政治層面上看，古典主義正是絕對王權為了加強中央集權所借用的文化和思想工具。為了加強政府對文藝的控制，統治者們採取了諸如發放補助、津貼，建立作品審查制度，使用御用文人，創立法蘭西學院等措施來實現文藝規則的統一化和標準化。法國君主專制的絕對權力企圖把文藝、科學等所有思想領域都掌握在自己手中，對不符合政治要求和官方文藝要求的創作進行人為干涉，高乃依的《熙德》就是其中最著名的例子。

　　高乃依雖然是法國古典主義悲劇的奠基人，被尊稱為「悲劇之父」，但他用自己的具體創作突破了古典主義三一律的僵化格式，如《熙德》就打破了情節、時間和地點的統一，這遭到了法蘭西學院的猛烈抨擊，高乃依本人也因此受到古典主義者的指責。為了反擊，高乃依發表《戲劇三論》（由《論戲劇的功用及其組成部分》《論悲劇以及根據必然性與或然性處理悲劇的方法》和《論三一律，即行動、時間、地點的意志》三篇論文組成）來闡明自己的戲劇觀點，證明自己的劇作並沒有偏離古典主義創作法則。他主張劇作家在創作時應遵循更大的自由，不必時刻恪守嚴謹的規則，古老的規則應適應現代的意趣，「我喜歡遵循規律，但我絕不使我自己成為規律的奴隸，我根據題材的需要，擴大或限制它們」。由此可見，古典主義也並非鐵板一塊，甚至在其盛行的法國，其內部同樣充斥著反抗的潛流。

當時的德·維奧和謝朗德爾也是在古典主義主潮下反控制、反規則的典型例子。德·維奧屬於厚今派隊伍中的一員，他極力主張以現代人的方式寫作，嘲笑對古人進行毫無保留地模仿的人。他不願屈從於任何社會權威及宮廷審美趣味，主張完全自由地、忠實地表達自己的情感。「我讚成人人按自己的方式寫作」成為德·維奧反對古典權威和規範的口號。布瓦洛就曾在《詩的藝術》中對德·維奧的反權威、反規則的自由主義立場提出過尖銳的指責。

　　謝朗德爾在其劇本《狄爾與西董》的序言中稱現代法國作家沒有必要像古典主義者一樣，對古希臘古羅馬作家的創作亦步亦趨，可以學習古人，但必須從古人中選擇適合現在這個時代和適合法國民族精神的東西。即使如高乃依，在其《熙德》被嚴格審查之際，也借喜劇《侍女》的出版提出了自己獨到的見解：

　　每個人都有自己的方法；我不說別人的不好，但我堅持自己的方法；直到目前，我認為自己的方法很好；一旦我發現行不通了，我便會去尋找一種更好的方法。①

　　當時的法國文壇上亦出現了一批主張創作具有寫實精神、打破古典寫作規範、反對宮廷纖細和矯揉造作風格的文學作品的作家，如馬蒂蘭·雷尼耶、查理·索萊爾、德·貝爾日拉克等，他們都不同程度地體現出了自由的創作精神。可以看出，古典主義內部一直都存在兩種不同且相互衝突和對立的傾向。一方嚴格遵守與封建王權一致的文藝規則和標準，崇尚古希臘和古羅馬，以古代作品為典範和模板；一方極力打破這些規則戒律的束縛，主張按照個人方式進行自由的創作，站在今人的立場上宣稱今人也能創作出媲美古人的作品。換言之，規則—自由、崇古—厚今的爭論貫穿了法國古典主義文學始終。

　　直到1687年，路易十四的絕對王權開始衰落，對文藝的控制減弱，找到突破口的文藝革新者們遂公開發表自己的觀點，要求擺脫古典主義僵化思想的束縛。經過長期的醞釀，崇古和厚今兩派的意見和衝突到了不可調和的地步，終於爆發了著名的「古今之爭」。

一、法國古今之爭的產生及過程

　　古今之爭在法國的發展大致可分為兩個重要階段。第一階段從1687年到

---

① 羅杰·法約爾. 批評：方法與歷史 [M]. 懷宇，譯. 天津：百花文藝出版社，2002：41.

1694年，以夏爾·佩羅、聖·艾弗蒙、豐特奈爾為代表的「厚今派」和以布瓦洛、拉·封丹、拉布呂耶爾、拉辛為代表的「崇古派」展開了激烈的爭論。

1687年1月26日，夏爾·佩羅向法蘭西學院提交了題為《路易大帝的世紀》的長詩，聲稱「美麗的古代」與我們今天的時代沒有什麼兩樣：

美好的古代一直為人景仰，
我卻從不認為它值得敬仰，
我平視古人，並不卑躬屈膝，
古人的偉大與今人無異。①

在此序篇中，佩羅以讚頌路易十四為名，將路易大帝的時代抬高到所有古代世紀之上。之後，佩羅將討論的中心轉到詩歌和雄辯術，尤其轉向荷馬。佩羅承認古希臘是歐洲文明和藝術之源，但同時認為，如果荷馬生活於17世紀，其作品將更有風采。雖然現代沒有能與《伊利亞特》相媲美的史詩，但17世紀的法國史詩在某些方面確實能趕超荷馬史詩。在此邏輯下，佩羅毫不留情地指出荷馬作品的缺陷，對荷馬史詩中的英雄行為表示不滿，認為如果他們生活在17世紀將不會如此野蠻和多變；並對史詩冗長、呆板的敘述（尤其是對阿基里斯的乏味描述）表示厭惡。佩羅在其帶有宣言性質的長詩中明確肯定今人能與古人媲美，在崇尚現代的立場上向崇尚古希臘和古羅馬的法國古典主義開戰，古今之爭至此正式爆發。

佩羅的大膽觀點在古典主義盛行的法國文壇掀起了軒然大波。布瓦洛隨後著文反擊，將膽敢蔑視荷馬、維吉爾等大師級作家為平庸作家的人諷刺為「蠻人」。佩羅在對話體論文《古今之比》中重申了自己的觀點，並試圖在更大範圍內對荷馬進行批判。佩羅首先否認作家「荷馬」的真實存在，認為《伊利亞特》和《奧德賽》本是由多名作家共同創造的諸多篇章片段，然後由後人收集整理而成。佩羅還指出了故事中存在的缺陷：人物塑造的失敗、上帝和英雄的行為太過粗俗等。最後，佩羅提出：唯有時間能創造文雅和好的審美趣味，而這正是現代最大的優勢。佩羅的觀點不可避免地遭到布瓦洛的強烈反對。布瓦洛承認「荷馬」的存在，認為再沒有兩部作品能如《伊利亞特》和《奧德賽》般如此契合地融合為一體，荷馬的語言和敘述方式中沒有任何瑕疵，在他的表達中也不見任何粗野的趣味，所有對荷馬的不理解和指責其實都是源於其作品翻譯過程中所出現的錯誤。

---

① JOSEPH M LEVINE. The battle of the books: history and literature in the Augustan age [M]. New York: Cornell University Press, 1994: 124−125.

越來越多的作家、評論家加入爭論中，雙方陣線分明，各自闡發了自己的主張，要麼厚今，要麼崇古，相互駁斥，爭論不休。厚今一方的代表人物和主要觀點大致有：聖‧艾弗蒙在《對古代作家的模仿》中指出荷馬的詩雖然是永遠的杰作，但不可能會是永遠的楷模，文學應順應歷史的變遷和時代的需要。

沒有人比我更尊重經典的作品，我欣賞其中的精神的崇高以及知識的淵博，但是宗教、政治機構以及人情風俗的差別都已經在這個世界裡造成了很大的變化，所以，我們應該把腳移到一個新的制度上，才能適應現時代的取向和精神，假如荷馬活在現代，他也會寫出一些好詩，能適應他所屬的世紀。①

倍爾在《歷史和批評字典》中譏諷了布瓦洛提出的人類社會具有不變的審美趣味這一非歷史美學觀，主張美因時代的變化而變化。豐特奈爾寫就《閒話古今》，將人類歷史視為一個從幼年到壯年、知識不斷累積的過程，認為「既然古人在某些事物上有可能達到和達不到最後完美兩種情況，我們就必須在考查其是否達到的同時，對其錯誤不留情面，把他們與現代人等而視之」。②

崇古一邊的代表人物和主要觀點有：拉封丹指責過分頌揚今人的成績，仍將荷馬立為詩歌之神；拉布呂耶爾認為今人之所以取得現在的成就，是因為他們重新發現了古人的審美趣味；費內隆認為古人的高明之處正是在於其自然性和素樸性，他以此否定今人創作中的雕琢之風。

崇古派在這場論爭中逐漸敗下陣來，直到1694年布瓦洛在寫給佩羅的和解信中指出了雙方的過失之處，「為了確保我們協議的實施和不再撒播爭吵的種子，現在我們只有各自好自為之，您似乎喜歡貶低古代優秀作家，而我則好像太愛激烈地指責我們世紀卑劣的乃至一般的作家」，至此，論爭雙方才暫時達成妥協。

在佩羅提交《路易大帝世紀》近30年之後的1713年，厚今派的拉莫特-馬達爾與崇古派的達西埃夫人就「荷馬的翻譯和價值」問題再起紛爭。

在古今之爭的各個階段，荷馬一直都是討論的核心和焦點。荷馬成為今派的眾矢之的，因為在他們看來，只要成功地擊敗了荷馬，他們的目標就實現了。可以說，在古典主義者逐漸喪失話語權的語境中，荷馬是他們所堅守的最後一塊陣地，只要荷馬的楷模地位還未被今派駁倒，古代的權威就還一息

---

① 伍蠡甫. 西方文論選（上卷）[M]. 上海：上海譯文出版社，1979：272.
② 羅杰‧法約爾. 批評：方法與歷史 [M]. 懷宇，譯. 天津：百花文藝出版社，2002：75.

尚存。

達西埃夫人強調，真正的荷馬在後世不準確的翻譯中被遺失，既然今人對荷馬的苛責大部分來源於荷馬翻譯中所出現的錯誤，那麼準確、鮮活地翻譯就成為反駁今派觀點的首要任務。雖然達西埃夫人用典雅的散文所譯的《伊利亞特》在出版時法國古今之爭已接近尾聲，但還是引起了文壇的廣泛注意和討論，重新激起了人們對古今問題的探討。達西埃夫人試圖通過翻譯、崇拜荷馬來挽回古代詩歌的聲譽和權威，並聲稱理性的發展並不能促進藝術的進步，因為真正的詩是音樂性的，是旋律和修辭所構成的美，是用敏銳的感受力來感知的，單靠理性精神的發展並不能欣賞真正的詩。達西埃夫人指出，現代人之所以不能接受荷馬藝術世界的美，一方面在於當代纖巧、浮華的審美時尚鈍化了人們對荷馬作品和荷馬時代中的素樸性的感受力；另一方面在於當代讀者不能很好地理解荷馬作品中的寓言和諷喻。因此，即便是處在理性和歷史發展中的今人仍然無法判斷希臘詩歌，尤其是荷馬詩歌的真正價值，不管時代如何變遷，荷馬應是永遠的典範和楷模，是值得後世永遠學習和模仿的唯一的美。

拉莫特對此予以了激烈的駁斥，在《論荷馬》一文中重申了佩羅的相關觀點，認為荷馬的作品存在不可抹殺的缺陷，比如神和英雄的粗野、敘述的冗長、戰爭描述的單調等。因此，拉莫特主張在對荷馬原文進行翻譯時，翻譯者有權對其去粗取精，刪減重複情節，袪除違背自然知識的情節，以實現對原著的完善。以此為指導思想，拉莫特刪去了荷馬史詩中神和英雄不良行為的描寫、過長的描述和與實際不符的內容，將 24 卷的荷馬原著翻譯、改編成符合現代審美的 12 卷詩體譯本。

隨後，達西埃夫人的丈夫安德烈・達西埃也加入論戰，聲援妻子。1715 年，特拉松出版《論荷馬〈伊利亞特〉的考據》，抨擊古代文明，指出荷馬因生活於一個蒙昧的時代而毫無智性，對科學常識一無所知，因此如果文學領域要取得如科學領域一樣的時代進步就必須首先推翻荷馬的權威。直到 1716 年雙方停止論戰，這可視為法國古今之爭的第二個階段。雖然最後崇古派和厚今派在表面上達成了妥協，但卻還是各自堅守著自己的立場。崇古派和厚今派之間相互對立的觀點也並非意氣之爭，他們都提出了自己的理論依據。

二、厚今派的理論武器

厚今派主張文學不能以古代規範為唯一創作標準，而應隨時代發展不斷變

化。他們極力反對古典主義為文學制定的一系列清規戒律，要求破除文學中永恆不變的絕對標準，並以笛卡爾的理性懷疑精神為思想武器，對古典權威提出質疑。在一定程度上可以說，17世紀的中心是笛卡爾，正是在笛卡爾的思想氛圍中，人類社會開啓了現代化的進程。笛卡爾表達了這樣一種觀念：「由於現在的世界年齡更大，也更加成熟，因此對古代堅持一種獨立的態度有其正當的理由。」[1] 在此之前，人們相信希臘和羅馬在人類文明上已經達到一種無以復加的高度，後人永不能企及，古代文明因此被尊為神明，接受著敬仰與供奉，後世只能是在此基礎上的退步和墮落。正是笛卡爾向此發起了進攻，與過去的權威決裂，主張知識和時代的進步。

受笛卡爾觀念的影響，今派文人肯定今人能超越古人，展現出了鮮明的時間意識和進步觀念。在「17世紀以前，大家都認為，希臘和古羅馬大致處於和法國或英國相同的水準。維吉爾和奧維德，賀拉斯，甚至還有荷馬，論者在探討的時候，幾乎視為同時儕輩。時間之間存在的鴻溝，很少為人意識到」[2]。古今之爭中的厚今派持一種樂觀的歷史進步態度，首次自覺地將時間的發展序列作為自身的理論依據和理論優勢，徹底打破了17世紀以前凝滯的時間觀，為現代文學、現代人和現代社會在時間發展中爭得了一席之地。

總體來說，厚今派的觀點和思想特徵可總結為如下幾點：

第一，今人的作品（路易十四時代的文學創作）已超過古人的作品。

路易十四非常鼓勵文化、藝術和科學的發展，並將文化作為進行集權統治的工具。在他的鼓勵之下，法國有了歷史上最偉大的建築、繪畫、雕刻，法國文學史上大多數偉大的作品也都完成於這個時期。這個時期集中湧現了一大批卓有才華的作家，他們數量巨大，成就了一個時代的榮光。

伏爾泰在《路易十四時代》中曾描繪過此種文化繁榮的盛大局面：「這是一個值得後世重視的時代。在這個時代裡，高乃依和拉辛筆下的英雄、莫里哀的戲劇中的人物、呂利創作的對全國說來完全新鮮的交響樂，還有博絮埃和布爾達盧等人的滔滔不絕的演說，都受到下列人物的欣賞：路易十四、以精於鑒賞著稱的親王夫人、孔代、蒂雷納、科爾伯，以及在生活各個領域中湧現出來的大批傑出人物。一位像《箴言錄》的作者拉羅什富科公爵那樣的人物與帕斯卡或阿爾諾那樣的人物交談後出來，又去觀看高乃依的悲劇，這樣的時代是

---

[1] 約翰·伯瑞. 進步的觀念 [M]. 範祥濤, 譯. 上海：上海三聯書店, 2005: 22.
[2] 雷納·韋勒克. 近代文學批評史（第一卷）[M]. 楊自伍, 譯. 上海：上海譯文出版社, 2009: 25.

一去不復返了。」①

　　除了伏爾泰在此提及的以外，還有很多逐漸被歷史所淡忘的作家、藝術家（如寫作《忒勒馬克》的費內隆、《品性論》的作者拉布呂耶爾、寓言作家拉莫特、完成《克里夫斯王妃》的拉斐特夫人等），不勝枚舉，如果放在其他時代，也許他們會被高舉為大師和奇才，只是他們所處的時代太過於人才輩出，以至於在其中並不顯得格外突出。

　　路易十四時代，法國在文化上取得了極大的繁榮和進步，並在歐洲範圍內產生了廣泛的影響。「在修辭、詩歌、文學、道德倫理以及供人娛樂消遣的書籍等方面，法國人在歐洲卻是法則的制定者。」② 同時，法語語言的精煉化、純化、規範化使其大有取代拉丁語之勢。良好的文學發展氛圍促發了文人們的文化自尊心和自信心，給他們肯定所處時代的文學提供了契機。他們有理由相信，處於路易十四統治下的法國和奧古斯都時代的羅馬一樣，都達到了人類歷史發展的巔峰，以至於很少有人願意生活於其他時代。這時的文人們忙於整理和翻譯路易十四時代最好的作品，就像曾經翻譯和崇拜古希臘創作一樣，在這個文化無比繁榮的時代，人們已經開始將他們那時最好的作品與古代經典做比較。夏爾·佩羅在法蘭西學院的講話就肯定布瓦洛是超越前輩們的當代偉大作家之一。就連布瓦洛也不得不承認當時的法國是古希臘羅馬的唯一繼承者。

　　第二，明確提出知識上的進步論。

　　厚今派明確提出知識上的進步論，並將科學領域的進步觀念移植到文學領域，用以探討由於知識和經驗的累積現代人能否優於古代人、現代文學能否優於古代文學。雖然佩羅也意識到因科學和文學學科上的不同，科學的進步觀念也許並不適用於文學領域，但畢竟17世紀的法國人正是從科學的發展中獲得了關於人類自身的巨大自信，堅信處在時間發展線之後的總是要高於處在時間發展線之前的，由此開啟了現代人和現代性的自我確證過程。

　　知識進步論的提出需在此前提下方能成形：科學上取得重大成果且在社會上引起普遍的反響；堅信自然的永恆力量。17世紀的近代科學革命是法國古今之爭爆發的一個重要契機，自然科學在天文學、醫學、物理學、力學等領域取得的長足進步促使人們將科學的進步觀念應用於整個知識領域，並從「科學的進步」開始探討「文學的進步」。

----

　　① 伏爾泰. 路易十四時代 [M]. 吳模信, 沈懷潔, 梁守鏘, 譯. 北京：商務印書館, 1996：479.
　　② 伏爾泰. 路易十四時代 [M]. 吳模信, 沈懷潔, 梁守鏘, 譯. 北京：商務印書館, 1996：465.

17世紀的新知識呈現出一種爆炸性發展的態勢,「讀一讀法國和英國出版的雜誌,看一眼這些偉大王國的研究院所出版的書籍,這樣就會深信不疑地認為,自然科學在過去 20 年或 30 年內所做出的發現,比整個古代在學術上的發現還要多」①。不僅如此,科學的研究結果還很大程度地普及到人民大眾中,對科學的討論成為路易十四時代的一種流行時尚,人們在文化沙龍中、在小說中談論科學問題。所有事實都導向這樣一種觀念:古代人雖然在時間上先於現代人,但生活在晚些時代的人們卻創造了更為豐富和完善的知識。

雖然法國古今之爭的主要論題是文學,尤其是詩歌,但他們在對古今文學進行對比的背後事實上隱藏著更為深刻、更有意義的問題:「自然是否已經耗盡了自身的能量;她是否還能創造出在心智和活力上與那些她曾經創造出的人們完全一樣的人;人類是否已經精疲力盡,或者人類的力量是否是永恆不變和用之不竭的?」② 為了對抗「墮落」或「退步」論,現代辯護者們主張自然力量的永恆性,他們認為自然具有能在每個時代創造出具有同等稟賦的天才的永恆力量。如佩羅在《路易大帝世紀》中所寫:形成相似的精神需要形成相似的肉體,自然在任何時候都做出了同樣的努力,其存在亙古不變且具有相同的力量……這只同樣的大手以其無限的力量,在任何時候都創造出同樣的天才。③ 自然既是永恆的,它就能一視同仁地為各個時代創造出偉大的人物和天才,因此,所有的時代在天賦上都具有同等的實力。唯一不同的是,尤其在知識領域,由於時間的流逝和知識的累積,最新時代的功績和成果必然在前人之上。

豐特奈爾在一部篇幅短小的著作《閒話古今》中比佩羅更為完整地闡明了知識進步的觀念。豐特奈爾開篇便提出「古代是否優於現代」的問題,如果是,那古代的大師相對於現代人而言就是無可超越的,如果不是,則現代人具有更優越的地位。豐特奈爾在文中如此寫道,如「古代是好的趣味和理性的來源,後人無法企及,只能尊敬、模仿他們,自然在塑造人類祖先時用光了自己的力量」這種觀點簡直是胡言亂語。豐特奈爾借用自然力量永恆性的觀點證明:自然之手創造古代所用的材料和它創造現代所使用的材料並無二致。因此,我們並沒有理由認為古人比我們高級,自然也沒有不公地讓某些時代優於另一些時代,反而是新近的時代會因為知識的累積而在前人的基礎上向前邁進一大步,現代社會相對於古代社會的優勢正在於此。豐特奈爾相信「現代

---

① 約翰・伯瑞. 進步的觀念 [M]. 範祥濤, 譯. 上海:上海三聯書店, 2005:36.
② 約翰・伯瑞. 進步的觀念 [M]. 範祥濤, 譯. 上海:上海三聯書店, 2005:30.
③ 約翰・伯瑞. 進步的觀念 [M]. 範祥濤, 譯. 上海:上海三聯書店, 2005:35.

人才是真正的古代人，因為他們在隨著時間不斷累積的智慧中受益頗多，在此基礎上他們便能宣稱自身的優越性」①。

同時，豐特奈爾意識到，並非所有事物都能在經驗的累積中獲益，他承認自然科學和人文學科間的區別，認為知識進步論並不適用於文學領域。自然科學的基礎是理性和實驗，因此能在時間的推移中不斷完善。而文學領域的根基是想像，它不需要經驗的累積或是規則的束縛，但儘管如此，豐特奈爾也堅持我們不應在古代尋找文學最完美的樣式，文學也會隨著時間的變遷不斷得到完善，事實證明文學發展到路易十四時期達到了繁榮的高峰。在豐特奈爾看來，唯有中世紀的文學是荒蕪的、衰退的、需要復興古代的，而知識進步論則根本無力解釋在羅馬之後中世紀的蒙昧和無知。為此，豐特奈爾指出，雖然自然之力不會因時代的變化而變化，但它卻因不同的氣候、政治制度等具有不同的結果，因而也就產生了趣味的高雅與衰落。豐特奈爾的這一觀點不僅很好地解決了自然力量永恆原則、知識進步論與審美趣味的衰落這一美學事實之間的悖論，而且還深刻地揭示出時代的差異必然會造成審美趣味的變化。但豐特奈爾也意識到即便在趣味的衰落時期，對古代的復興也會增添一些鮮活的東西，同樣會超越單純的古代存在形式。

第三，厚今派通過審美趣味的變遷為現代辯護，提出古今趣味的差異和變化必然導致文學的發展這一觀點。

17世紀的法國，尤其是在為現代進行辯護的文人群中，盛行這樣一種觀念：隨著時代的進步，文明和審美趣味漸趨精致化、文雅化。在這種觀念的指引下，荷馬作品中粗野、原始的趣味受到指責，站在現代立場上的文人們認為，古代的審美趣味已不適應17世紀越來越精致、典雅的審美傾向，唯有符合現代審美的創作方能取得成功。歷史發展到路易十四時代，在高度自覺的自我意識下，文人們為自己高居於文明的巔峰而自豪不已，他們因為自己是受過教育、具有高雅趣味的人，而將古代蒙昧時代和自己時代中野蠻的社會階層統統排除在外。

荷馬作品中粗野的審美趣味一直都是今派文人所質疑和攻擊的對象，在他們看來，與後世詩人相比，荷馬的缺陷是很明顯的，他更像是一個沒有教養、未經調教的天才。佩羅認為荷馬作品中一些粗魯、野蠻的英雄行為簡直冒犯了現代法國的審美趣味；費納隆毫不客氣地指出：「荷馬筆下的英雄和有教養的

---

① JOSEPH M LEVINE. The battle of the books: history and literature in the Augustan age [M]. New York: Cornell University Press, 1994: 25.

人沒有相似之處，這位詩人所寫的神祇甚至遠遠不及他筆下的英雄，他們還不配享有我們對於一位有教養的人的看法。」① 拉莫特在用詩體翻譯荷馬時也刪去了很多「不高雅」的內容。聖·艾弗蒙在《論古代和現代悲劇》中開篇即表示，時代的變遷使悲劇的審美趣味發生了改變：「但在今天，所有這些神奇事跡對於我們完全是一種虛構的故事而已。對我們說來，神是不存在了，對神說來，我們也是不存在了。」② 聖·艾弗蒙認為，為了適應現代人的審美趣味，應在悲劇中加入一些愛情因素以抵消古代悲劇中的恐怖、陰鬱氛圍。只要能做到創造出符合現代人審美趣味的文學作品，我們就沒有必要模仿古代，「我們既不過分推崇古人，也不過分歧視當代，因而我們也不會再以索福克勒斯和歐里庇得斯的悲劇作為當代戲劇創作的唯一典範了」③。

今派文人在審美趣味的歷史性上大做文章，以此為現代審美趣味辯護，這無疑是具有進步意義的。但不難看出，今派在審美趣味上的觀點本身也存在不妥之處，如對趣味的界定越來越狹隘，它只限於典雅、精緻的文人趣味，而將一般大眾和市民排除在外，實際上展現出了一種把真正的趣味限定在少數具有教養的文人中的精英意識，獲得良好的審美趣味並不被看成整個人類的優勢，而只成為某一特殊社會階層的特權。

三、崇古派的回應

崇古派主張文學藝術遵循理性主義原則，具體說來就是：文學藝術是一種理性活動，只要根據理性掌握了一套藝術法則，就能依樣炮製出藝術作品；用理性抑制情感，追求清晰嚴格的規則和絕對永恆的標準；經典的藝術作品必須能經受理性的檢驗、時間的考驗，古希臘和古羅馬的作品是經受了理性和時間的檢驗而保存下來的精品，因此它們將一直是後世學習的楷模和典範。相對於今派的有力攻擊，在這場爭論中崇古派一直處於下風，他們反覆宣稱古人的貢獻以及模仿古人的重要性，除此之外剩下的只是對今派代表人物的人身攻擊，如貶斥佩羅不懂希臘語就妄論荷馬，猶如一個瞎子滿大街大喊大叫。

伏爾泰評論過布瓦洛和佩羅之間的紛爭：「佩羅把荷馬的一段詩句理解錯

---

① 雷納·韋勒克. 近代文學批評史（第一卷）[M]. 楊自伍，譯. 上海：上海譯文出版社，2009：31.
② 伍蠡甫. 西方文論選（上卷）[M]. 上海：上海譯文出版社，1979：268.
③ 伍蠡甫. 西方文論選（上卷）[M]. 上海：上海譯文出版社，1979：271.

了，或許他沒有把理解的那一段譯好吧？布瓦洛便抓住這個小辮子，把他當做最危險的敵人猛烈攻擊，認為他是不學無術、文筆平庸的作家。但是，很可能的是，佩羅有時見解錯誤，可他對於荷馬史詩中的矛盾百出、重複連篇、戰鬥的單調、在混戰中長篇大論的演說和諸神行為的粗野輕率，以及他認為這位偉大詩人所犯的一切錯誤，也時常批評得有道理。總之，布瓦洛譏笑佩羅之處大大超過他肯定荷馬之處。」① 崇古派由於缺乏相應的理論支撐最後不得不承認至少 17 世紀的作家優於古代作家。但布瓦洛對佩羅全盤否定古代、肯定當代、徹底割裂古今之間的關係的批評卻是一語中的。

事實上，法國古今之爭的「真正重要意義，並不在相互攻訐的細節之中，而在於亞里士多德式批評的各種清規戒律的有效性突然地遭到了否認」②。古今之爭的出現本身就意味著古典主義的式微。論辯雙方，尤其是今派所提出的理論依據，雖然存在割裂古代與現代之嫌，但卻具有自身的合理性。

總體來說，古今之爭是「一種健康的辯論，它結束了基督教及中古時期所謂世風日下、人心不古的理論，也否定了文藝復興時期把古代的詩歌、哲學及藝術抬舉得比什麼都高的那種思想。一般來說，大家都讚成當時科學方面的成就確實超過了希臘、羅馬的任何時期，連布瓦洛也這麼說。……但是大家並不一定要相信，高乃依比索福克勒斯好，拉辛在悲劇上的成就超過了歐里庇得斯……但至少有一件令人愉快的事：這種比較是一個值得討論的問題，而古人的成就並非無人可以超越」③。因此，雖然在法國古今之爭中，論爭雙方的觀點都存在著割裂歷史、缺乏處理傳統和現代的辯證眼光等缺陷，但論爭本身具有的意義早已超出了法國一國之範圍。德國古今之爭不僅繼承了法國古今之爭的核心問題，且不論在論爭立場、問題取向上，還是在論爭領域上，都將法國古今之爭向前推進了一大步。

---

① 劉小楓. 古典學與古今之爭 [M]. 北京：華夏出版社，2015：78.
② 羅杰·法約爾. 批評：方法與歷史 [M]. 懷宇，譯. 天津：百花文藝出版社，2002：71.
③ 威爾·杜蘭特. 世界文明史：路易十四時代 [M]. 臺灣幼獅文化，譯. 北京：華夏出版社，2010：159.

第二章　德國古今之爭的緣起

受法國古今之爭的影響，德國也產生了「古」與「今」的大辯論，且幾經波折，高潮迭起。德國古今之爭延續了法國古今之爭的基本問題，但在看待古今問題的深度和廣度上都有所擴展。

首先，德國古今之爭失卻了法國古今之爭的劍拔弩張，萊辛、席勒、施勒格爾、赫爾德等對待古與今都持一種更為辯證與謹慎的態度，不僅突破了法國古今之爭中古今對立的二元框架，這樣一種態度也更加符合歷史發展規律。法國古今之爭中，相對於古代，現代始終在總體上占據著優勢地位，而德國古今之爭則在現代範式中樹立了古代維度，構建起德意志審美現代性話語中的「古典理想」傳統。

其次，德國古今之爭中「古」與「今」之爭是主調，外來文化和本民族文化關係的探討是協奏。面對德國文壇的混亂、外來文化的強勢入侵，德國思想家們體現出強烈的民族本位立場，將保存民族傳統、增強民族意識作為重中之重。

最後，德國古今之爭已不止於文藝領域，論爭將現代意識從文藝領域擴展到社會領域，旨在為德意志民族的現代轉型尋求新的道路。面對德國當時分裂、落後的社會現實，古今之爭中的思想家們從人性出發，試圖以人的現代化轉型實現社會的現代化。

古今之爭雖是從法國傳到德國的，但除了最基礎的論爭問題得到繼承外，德國古今之爭的議題和立場都立足於本民族的社會現實和文化傳統，具有自身的獨特性，而這種獨特性必然根植於德國古今之爭緣起的歷史背景。

一、德意志社會背景與啓蒙任務

從 13 世紀開始，德意志皇權就在與諸侯和教會的紛爭中不斷衰落，地方勢力逐漸增強。新教和基督教的教派衝突激化了邦國諸侯之間的政治鬥爭，新

教諸侯為了共同抵抗基督教諸侯的進攻，於 1531 年成立了施馬爾卡特同盟。宗教分裂通過信仰的方式加強了諸領地內部的認同感，同時也加劇了帝國政治的領地化。17 世紀的三十年戰爭①最終確定了德意志民族神聖羅馬帝國不可挽回的分裂之勢。「1648 年終結三十年戰爭的《威斯特伐利亞條約》，被認為是把德國政治限定在一個無法進一步發展的框架內。帝國隨即進入一個幾乎被所有人都稱為『晚期衰落』的時期，直到它在與法國大革命時期優勢力量的鬥爭中陷入『不可避免的崩潰』。」② 如同《黃金詔書》③ 一樣，這個條約也只是企圖緩解帝國內部的緊張關係，對戰後現存權力關係進行合法化。條約承認帝國境內的諸侯是其領地上的君主，領土的獨立權得到正式肯定。帝國諸侯成為這場戰爭最大的實際受益者，「他們可以與外國自由結盟，前提是後者不得對皇帝造成威脅。反過來，和約只是重申了帝國皇帝的歷史角色。皇帝只是生活在帝國境內的人們的最高統治者，有頒發大學特許證和授予貴族頭銜的權力」④。皇帝被降到與諸侯同等的權力地位，真正處於有名無實的尷尬境地。「三十年戰爭」這一術語的創造者普芬多夫將《威斯特伐利亞條約》後的帝國政治制度描述為一種君主制和聯邦制共存的「畸形怪物」。事實上，條約極大地衝擊了王權，帝國「成為其鄰居的掠奪物和嘲笑的對象，（民族被）分裂……而變得虛弱不堪，（現在）有足夠強大的力量來傷害他們自己，卻無力去拯救（他們）自己」⑤。

　　分裂加劇了這個尾大不掉的神聖羅馬帝國的脆弱性，帝國與其觀念中的世界性大國漸行漸遠，逐漸成為各家諸侯及國外勢力權力博弈的舞臺。三十年戰爭後，帝國分裂為近 300 個彼此獨立的諸侯邦國，帝國徹底喪失統一國家的可能，恩格斯曾對此進行過諷刺：一年有多少天就有多少個德國。除了「神聖

---

　　① 三十年戰爭（1618—1648 年）是由神聖羅馬帝國的宗教紛爭所引發的一場歐洲各國爭奪利益和霸權的大規模國際戰爭，戰爭以《威斯特伐利亞條約》的簽訂告終。

　　② 彼得·威爾遜. 神聖羅馬帝國，1495—1806 [M]. 殷宏，譯. 北京：北京大學出版社，2013：10.

　　③ 《黃金詔書》（Golden Bull）由神聖羅馬帝國皇帝查理四世於 1356 年頒布。《黃金詔書》將選舉的特權限定於當時最具實力的七個大諸侯中（三個教會選帝侯：特里爾大主教、美茵茨大主教、科隆大主教；四個世俗選帝侯：薩克森-維滕堡公爵、帕拉廷侯爵、波希米亞國王、萊茵-普法爾茨伯爵；史稱七選侯），這標誌著帝國諸侯崛起為帝國政治舞臺上的主導力量，並以自身不斷擴張的特權強調其在帝國內顯著的優勢地位。詔書是皇帝和各大諸侯之間的妥協，承認了皇權的衰落和諸侯勢力的強大，正式批准了各諸侯在其邦國內的絕對權力，並使之合法化。

　　④ 史蒂文·奧茨門特. 德國史 [M]. 邢來順，等譯. 北京：中國大百科全書出版社，2009：108.

　　⑤ HAGEN SCHULZE, Germany: a new history [M]. Cambridge, MA: Harvard University Press, 1998: 87-88.

羅馬帝國」這個「帝國」稱號以外，神聖羅馬帝國不管在哪個方面都很難成為帝國，更確切地說它根本不是一個帝國，而是一個組織鬆散的邦聯①。帝國不管從哪個方面都再也回不到帝國創建之初的實力，也無法實現其先祖對於「神聖羅馬帝國」最初的「帝國」構想。當帝國最終被冠以「德意志民族神聖羅馬帝國」時，帝國才開始降為單一的德意志王國，開始放棄世界性統治地位的理想，致力於德意志本民族的團結和統一，而這個過程卻比歐洲其他強國來得更遲。

神聖羅馬帝國宣稱的權力和職能從未真正實現過，德意志最終成為帝國政策失敗的受害者。「皇帝」頭銜成為德意志傾力以求的「高帽」，而德意志為了追逐這一「高帽」所付出的代價卻是極為慘重的：

一方面是使18世紀的德國淪為歐洲最為落後的國家，政治分裂、經濟滯後、文化凋零。

國內的手工業、商業、工業和農業都極端凋敝。農民、手工業者和企業主遭受著雙重的苦難——政治的搜刮、商業的不景氣。貴族和王公都感到，儘管他們榨盡了臣民的膏血，他們的收入還是彌補不了日益龐大的支出。一切都很糟糕，不滿情緒籠罩了全國。沒有教育，沒有影響群眾意識的工具，沒有出版自由，沒有社會輿論，甚至連比較大宗的對外貿易也沒有，除了卑鄙和自私就什麼也沒有；一種卑鄙的、奴顏婢膝的、可憐的商人習氣滲透了全體人民。一切都爛透了，動搖了，眼看就要坍塌了，簡直沒有一線好轉的希望，因為這個民族連清除已經死亡了的制度的腐爛屍骸的力量都沒有。②

直到1746年，瑞士評論家博德默還在為德國的四分五裂而憂慮：「居民的各個等級和各個階級之間沒有共同點，貴族同平民、平民同移民、移民同市民、市民同農民都沒有共同點；人們互相排斥、互相迴避，每個人都自成一家，關在自己的圈子裡。」③

另一方面，神聖羅馬帝國的「世界性」政策嚴重阻礙了德意志民族意識和國家意識的生成。在神聖羅馬帝國的帝國-諸侯權力體制下，帝國居民較少具有民族和國家意識。神聖羅馬帝國總體上屬於一種由宗主和封臣組成的層層

---

① 邦聯是由各獨立國家組成的鬆散的國家聯盟，邦聯制下不具有統一的中央權力機構，各成員具有絕對自主權。
② 馬克思，恩格斯. 馬克思恩格斯全集：第二卷 [M]. 北京：人民出版社，1972：633-634.
③ 萊奧·巴萊特，埃·格哈德. 德國啟蒙運動時期的文化 [M]. 王昭仁，曹其寧，譯. 北京：商務印書館，1990：19.

分封的金字塔式社會結構。在這樣的社會結構中，處在某一級的社會階層只對自己上一級的宗主和下一級的封臣負責，只從屬於上一級、管理下一級，不能越級。不斷分封的權力階層使得君主和屬民的直接關係被架空、真正義務也被掩蓋，人們只知道自己從屬於哪一階級，而不會具有作為國家公民的意識和民族的身分認同。

神聖羅馬帝國帝國政策中從未有過張揚某一民族（甚至是日耳曼民族）獨特民族性的地方，因為根據民眾的意識狀況，主張民族或國家的利益根本無法調動起他們獻身於帝國的積極性。帝國公民缺乏民族意識和國家意識這一現實決定了帝國並不能如現代社會般通過宣揚建立民族國家來實現自身的強盛。而宗教社會所主張的包容性的愛（基督教的愛驅散人與人之間的偏見、嫉妒和猜忌）使被分隔的人們重新走在一起。在神聖羅馬帝國的神權社會中，人不以民族分、不以人種分、不以國家分，卻因普泛的教義而聚合，於是「民族國家」在一個缺乏獨立的民族和國家意識的信仰社會中注定消解在「世界帝國」的概念之中。

這樣的「世界帝國」所追求的不是單一民族的獨角戲，而是歐洲人民的大匯聚，使歐洲各族人民在基督教徒的身分下具有同等地位；追求的是全人類的發展和世界的和平，因此一個統一的君主國才是必須的。正是出於世界帝國而非民族國家，正是出於歐洲基督教範圍內的大融合而非一國內的獨立發展，神聖羅馬帝國的皇帝們一直致力於全歐洲的統治，鼓吹皇權的普遍性而東徵西伐，不斷擴張。無法通過民族或者國家的共同體建構社會，處於信仰社會的神聖羅馬帝國只能以信仰共同體為手段成就帝國。神聖羅馬帝國選擇「歐洲大融合」的方式（借助宗教信仰的力量）進行全面整合，用「歐洲基督教性」代替了「德意志民族性」，這也才開啓了德國此後歷史中尋找德意志性的漫漫長路。

從上述的情況來看，德意志的現實條件非常不利於啓蒙運動的開展。但德國畢竟開展了啓蒙運動，尤其在文學藝術領域取得了顯著的成績。之所以如此，有內外兩方面的原因。就內因來說，德意志從中世紀開始的輝煌民間文學傳統①培養了德意志人民的民族精神和愛國思想，外因則是英法啓蒙運動所具有的榜樣效應。英國資產階級在 17 世紀就已進行了革命，法國資產階級也在 18 世紀蓄勢待發，準備發動大革命，而此時德國的資產階級力量薄弱，仍在大封建主、大地主的壓迫下聊以安生，無法在政治上有所作為。在缺乏資產階

---

① 德國是諸多民間詩歌，如《列那狐》《尼伯龍根之歌》等的發源地和流行地區。

級政治革命的條件卻具有文化上的優良傳統的情況下，德國啓蒙運動走上了一條獨特的發展之路，即啓蒙運動的目標不是進行直接的資產階級革命，而是致力於通過建立統一的民族文學來實現民族的統一。①

德國古今之爭和啓蒙運動在時間上的重合決定了二者之間的雙向互動和影響，在古今之爭中進行論爭的思想家們同時也是啓蒙運動的重要領袖，他們對於古今的看法與觀點同時也是一種現代啓蒙話語。不同於歐洲別國的啓蒙任務，德意志啓蒙話語的獨特性在於：首先是復古傾向尤為明顯。「古」在這裡包括古希臘和德意志的中世紀，萊辛、席勒、赫爾德等啓蒙健將都在過去的資源中尋找民族復興的希望。其次，人、人性、人的本質和需要成為論爭的核心之一。義大利的德國文化專家齊亞法多納將德國啓蒙運動時期稱為「蘇格拉底世紀」，就意在說明在德國啓蒙運動中，哲學、美學，以及一切的知識都是以生命的提升為實際目的。席勒、施勒格爾、赫爾德等思想家對理想人性的探討不僅延續了啓蒙式的社會批判，同時也是對現代文明的一種積極反思。

二、市民階層的興起與壯大

17~18世紀，德意志實行重商主義，傳統農業和手工業在新的經濟政策下遭到了災難性的打擊，農業的衰落致使大批農民流向城市成為手工業者，經濟狀況的複雜變化引起社會階級的轉變：1750年左右，以商人、城市平民、手工業者、小職員、城市小資產者等構成的德國市民階級於歷史發展的基礎上，不管是文化還是經濟方面，都取得了前所未有的實力地位。

但是，與具有特權的貴族相比，市民階級在社會地位上還是低人一等。在貴族專制統治者眼中，新興的市民階級是同牛、羊等物一樣可以支配的「附屬物」，他們並沒有獨立的社會地位和作為人的權利。德國社會出現了兩大階級對峙的局面，一方是普通市民，另一方是貴族、專制統治者、大資產者。18世紀中葉以後轟轟烈烈的市民運動就是市民階級為彌合平民與貴族的差距，爭取自身經濟自由、政治自由、社會平等所做的努力，但是，當時的市民階級由於自身力量的弱小，不得不在經濟上依附於封建貴族，這就決定了他們不可能從政治上站在封建貴族的對立面，而是渴求在文學藝術上表達自己的要求和願

---

① 朱光潛. 德國啓蒙運動中的美學思想——鮑姆嘉通、文克爾曼和萊辛等[J]. 北京大學學報（哲學社會科學版），1962，7(2)：3-18.

望，爭得社會的平等地位。

不斷壯大的市民階層遂轉向文學，以求實現他們的要求，這進一步促進文學功能與地位的轉變：文學不再是為封建貴族歌功頌德的工具，不再僅僅是依附於貴族的文藝裝飾品，文學開始代表市民階層發出他們的聲音。在古典主義權威逐漸衰落之時，市民階層要求文學具有最大限度的表現力，以便從最大程度上自由地表達自己的願望與情感。正是在此意義上，德國古今之爭的核心不僅在於古典與現代的審美規範之爭，它也是德意志普通市民對文藝現實性、市民性的要求在文學中的反應，爭論雙方也在封建性和市民性的不同戰線上相互攻訐。

新興的市民階層提出了自己的文化要求，他們最初有意識地疏遠人民，借鑑法國文化藝術，崇尚脫離民間的宮廷高雅趣味，試圖將過於低級和粗俗的民間因素驅逐出文學領域，同時逐漸樹立起自己的藝術風格，市民階層在找到自己的文藝形式以後才又捨棄了法國。在文學方面，作為市民階級代表人物首次出現的是高特舍特。雖然高特舍特沒有看到法國戲劇中的封建成分，而只注重用其完美的技巧改革德國戲劇，但他對宮廷歌劇的反對、創造市民階級文化的努力足以證明其是新的市民階級的代表。

但是，高特舍特的局限性，如不能辯證地分析法國戲劇、乞求於抽象和絕對的東西、缺乏與實際生活的聯繫等，使他不能緊跟時代發展的潮流，最後只能眼睜睜地看著市民階級運動的洪流滾滾向前而無能為力。博德默和布萊丁格於1721年合辦的《畫論》具有典型的市民性質：「正如本社組織寫作以人為對象的論文一樣，本刊反應人的苦難、情緒、罪惡、過錯、道德、知識、愚昧貧困、幸福、生和死、人同其他事物的關係，即一切人的東西和與人有關的東西。本刊給人以思考和寫作的材料！」①

高特舍特與博德默、布萊丁格之間的論爭表面看是理性的規則與想像力、情感之間的矛盾，崇法和崇英之間的矛盾，其實也可以看作非市民性和市民性之間戰線分明的紛爭。博德默看到了高特舍特在法國戲劇中所沒有看到的非市民性的東西，他認為悲劇必須是人民的悲劇，必須是獻給市民階級的，因此法國戲劇本身的封建性並不能代表德國逐漸壯大的市民階級。在博德默鮮明的市民意識下，彌爾頓遂演變為自由的鬥士：「彌爾頓是教會自由、家庭自由、市

---

① 萊奧·巴萊特，埃·格哈德. 德國啟蒙運動時期的文化 [M]. 王昭仁，曹其寧，譯. 北京：商務印書館，1990：27-28.

民自由、一切自由的捍衛者。」① 但博德默和布萊丁格所崇尚的英國文學也不能全然地表達市民階級的需要及願望。

如何才能提高自身的社會地位？德國市民階級逐漸找到了自己的變革之路，他們的具體做法是「把貴族和資產者置於『人』的共同基礎上。從此，『人性』成了評價每一個人的出發點，從而消滅了貴族與資產者之間的階級差別。資產者和君主同樣是人，同樣有人的尊嚴，同樣有權利和義務」②。這種做法在文學藝術領域產生了巨大的影響，如出現了一大批彰顯個人品性和靈魂的肖像畫，而最典型的是戲劇人物的變化。

1750年以前，出現在德國戲劇舞臺上的幾乎都是具有固定模式的僵化性格，它們既沒有內部的衝突和矛盾，也沒有自身性格的變化和發展。而1750年後的戲劇舞臺逐漸擺脫了類型化的東西，自萊辛之後則出現了真正的人，萊辛在德國文學史上首次將普通人和帝王將相放置在同一個「人性」的天平之上。

關於人性和人道的思想也因此成為此時德國思維方式、文藝創作方式的根基。市民階級持這樣一種信念：人類的一切基本權利不會因身分、地位、社會事件等而發生改變或有所不同，它只以生動、具體的人性為根本準則。於是18世紀中葉以後，市民階級出身的德國思想家、藝術家們都舉起了「人性」的大旗以反對封建勢力和貴族特權的「非人性」。市民階級在文學藝術中提出了他們的人性口號，提出每個人都擁有不可剝奪的權力，主張將人從封建特權的壓迫下解脫出來，將人的情感、意志從理性的專斷中解放出來，極力顯示市民階級的個性，致力於塑造具有健全感受能力和理性能力的完整的人。因此，人性啟蒙與人性教育作為實現理想的人的手段貫穿於文學藝術之中。

為此，主張人性啟蒙與人性教育的市民階級知識分子要求文學藝術在新的時代任務下具有不同的性質。首先，文學藝術必須具備教化作用和道德功能。如席勒在《好的常設劇院究竟能夠起什麼作用？——論作為一種道德機構的劇院》中就指出，作為一種道德機構的劇院應具有道德評判功能及對大眾進行教育、引導的倫理價值：

在人間的法律領域終止的地方，劇院的裁判權就開始了。……劇院比起其他任何公開的國家機構，更多的是一所有實際生活經驗的學校，一座通向公民

---

① 萊奧·巴萊特，埃·格哈德. 德國啟蒙運動時期的文化[M]. 王昭仁，曹其寧，譯. 北京：商務印書館，1990：30.
② 萊奧·巴萊特，埃·格哈德. 德國啟蒙運動時期的文化[M]. 王昭仁，曹其寧，譯. 北京：商務印書館，1990：145.

生活的路標，一把打開人類心靈大門的萬無一失的鑰匙。①

如赫爾德主張文學藝術具有對於道德和社會的功利性等。文學藝術不再如古典主義一般是對唯一的「抽象美」的執念，它被賦予了實際的生活和社會內容。

文學藝術須是主觀與客觀、感性與理性的統一。德國市民階級時代的到來開始為「情感」正名，使其成為與理性同等的獨立能力。市民階級的知識分子們不僅認為健全的人性是感性與理性的自由協調，文學藝術的實質也應是對真理的感性顯現，情感、幻想、想像因此在文學創作和文學評論中獲得了應有的肯定，成為解放個人情感能力的理論基礎。龐大的市民階級知識分子群體呼籲這樣一種文學的產生：它與社會生活緊密相聯，具有道德教誨作用，不僅能夠解放人性，還能在一定程度上促進社會朝他們所希望的方向發展，而這也正是德國古今之爭中的思想家們所要「爭」得的現代文學的發展方向。

三、德國社會普遍的法國化傾向

17世紀的法國成為歐洲乃至全世界的思想文化中心。作為一種強勢文化，法國文化在德國土地上長驅直入，造成德國社會普遍的「法國化」傾向：「法蘭西的影響在德意志占統治地位，不但在詩歌和評論方面，而且在服飾、家具和禮儀方面亦如是；德意志人的志願是丟棄他們毫不慚愧地稱謂的自己本國的野蠻風氣而模仿他們西鄰和敵人的燦爛高雅。法語成了時髦的語言，法國思想方式和觀點之崇高不亞於共和時代的最後半個世紀希臘思想觀點之在羅馬；法國的文人和科學家被德意志最好的王公當做啓蒙的聖徒而引入，正如在後一個時期德國人被沙皇邀請到俄國去那樣。」②

在德國，從以國王為代表的上層貴族到中產階級，無不在生活方式、語言、文學藝術等方面對法國亦步亦趨：在生活方式上，凡爾賽生活被樹立為一個標杆。人們喜歡穿戴時興的法國服飾，跳凡爾賽的宮廷舞曲，雇傭法國傭人和家庭教師，用法國的禮儀儀態教導年輕貴族，甚至連貴族的庭院也要效仿法國建築來修建；語言上，雖然路德創立了自己的民族語言，但德語一直被視為

---

① 席勒. 秀美與尊嚴——席勒藝術和美學文集 [M]. 張玉能, 譯. 北京：文化藝術出版社, 1996：12.
② 詹姆斯·布賴斯. 神聖羅馬帝國 [M]. 孫秉瑩, 謝德風, 趙世瑜, 譯. 北京：商務印書館, 1998：383.

粗野的語言，不登大雅之堂。人們以能說法語為傲，法語被定為德意志的通行語言，不僅成為很多學校的正式用語，且成為政府的官方語言，一切通行的公文、條款都用法語寫成。法語成為一個有教養的上層人士的必備條件，而德語則淪為「外來語」。歌德就曾諷刺過這一現象：「使用法語和尊崇法語已經很久了，但一半人的嘴並不流暢，現在所有人如嬰兒狂喜般地咿呀學習法語。」①

在文學藝術上，模仿法國也成為一種時尚，以至於當時的德意志幾乎沒有自己的文學。對法國文化的痴迷使一大波文人墨客以法語寫作，借用法國題材或改編法國作品，遵循法國文壇的創作規則和標準，嚴重脫離了本民族的文化和時代內容。就連當時的普魯士國王弗里德里希·威廉都曾承認：我的德語還不如馬車夫好。他幾乎不能用德語進行書寫，文章全用法語完成，他聘請法國人作為宮廷大臣，選擇和法國人交往，邀請伏爾泰為「座上客」，他的一生幾乎都處在法國人和法國文化的包圍中。普魯士的國王都如此痴迷於法國文化，德國社會的普遍狀況就可見一斑。

總之，此時的德國社會以成為法國的模仿者而自豪，法國文化已完全滲透進德意志的民族精神和文化中。長此以往，德意志的民族性將不復存在。尚存民族自尊心和自覺意識的思想家們在這樣的「奴顏」文化氛圍中感受到深深的民族恥辱，為了抵抗外來文化的入侵，一批德國思想家投入到對本民族歷史、文化傳統的挖掘中，在德法的文化衝突中彰顯出極強的民族性。

此時具有強烈民族意識的思想家們大致從三個方面重建具有民族特性的文化藝術：純化民族語言；挖掘德意志民族文化的優良傳統；從理論上論證發展民族文化的重要性和必然性。首先樹立起建設民族文學這面大旗的是高特舍特。高特舍特堅持使用純潔的德語，以講德語為榮，他身邊聚集起一眾主張使用德語的作家。博德默和布萊丁格創辦的《畫家論壇》呼籲使用純淨的德語，消除外來語言的影響。

尤利圖斯·莫澤爾在高特舍特的號召下堅持用標準的德語寫作，並在1768年寫就的《奧斯納布呂克史》中，呼籲民族風格和時代精神：「一個時期的穿著打扮，每部憲法、每種法律的風格，而且我還想說，每個古雅的詞語，都能夠給藝術愛好者帶來享受。宗教、法學、哲學、藝術和美文學的歷史，毫無疑問是與國家的歷史不可分割的……每個時代自有其風格。」② 在與弗里德里希二世關於德國語言和文學的著名討論中，莫澤爾駁斥了弗里德里希二世對

---

① 李宏圖. 民族精神的呐喊——論18世紀德意志和法國的文化衝突 [J]. 世界歷史, 1997 (5): 29-37.
② 弗里德里希·梅尼克. 歷史主義的興起 [M]. 陸月宏, 譯. 南京: 譯林出版社, 2010: 297.

德國語言和文學的貶損，並寫下《論德意志語言和文學》一文堅決捍衛德意志的民族文學。他認為德國文化的落後不是因為德意志自身缺乏優秀的民族文化，而是在於，在過度地模仿和接受外來文化的過程中逐漸遺忘了自己民族的優良傳統，因此唯有利用自己的文化資源，用自己的語言表達自己的感情，才能改善德國文壇的不良狀況。

萊辛以戲劇創作和戲劇理論為突破口，用市民戲劇反對仿效法國的宮廷戲劇，要求創作能真切反應本民族精神和性格的戲劇作品。席勒在古希臘精神中尋找民族文學的出路。他們最終的落腳點都在於如何建構具有民族特色的德意志文學，如何在文化尋根之旅中重建德意志民族和身分認同。被以賽亞・伯林稱為「文化民族主義的最偉大倡導者」的赫爾德在積極發展德國民間文學的同時，還從理論上提出民族、歸屬等概念，以證明發展民族語言和文化的必然性。外來強勢文化的衝擊，作為一種外部契機，直接激發了德國思想家們對自己本民族傳統文化的反思，並在德意志的傳統文化中尋找民族的高貴起源以及文化重建的希望與出路。

四、對古典主義美學的反思

直到 18 世紀中期，德意志也尚未建立起統一的民族文學。德國文壇和劇壇呈現一片蕭條之勢，首先是語言上的混亂，文人們好用雕琢堆砌的文字且大量引用外來語，嚴重阻礙了德語的規範化和標準化；尤其在戲劇藝術上，語言粗糙、情節濫造、毫無現實意義，除少數優秀之作外，其餘的只能算是穿著戲服的演員的戲耍。「舞臺上盡是胡謅亂演，有用猥褻的醜角表演迎合『賤民』口味的國事大戲，也有下流透頂的鬧劇，例如最流行的噱頭之一是演員在舞臺上求愛時讓褲子掉落下來。」①

這時的德國文學因缺乏一種自覺的民族意識而不能適應時代的需要，如何建立統一的民族文學和民族語言成為時代的關鍵性任務。被稱為「德國古典主義者」的高特舍特毅然以法國古典主義為武器一掃文壇的頹廢之氣。他以法國古典主義為依據寫就詩學理論著作《寫給德國人的批判詩學試論》，推崇賀拉斯、亞里士多德和布瓦洛，將古希臘羅馬和法國古典主義的作品視為文學

---

① 萊奧・巴萊特，埃・格哈德. 德國啟蒙運動時期的文化 [M]. 王昭仁，曹其寧，譯. 北京：商務印書館，1990：22.

典範。高特舍特以理性為基礎制定了明確細緻的文學規則，在整頓17世紀初的混亂文壇、建立統一的德語方面具有很大的功績。

在德國，系統的詩學批判始於高特舍特，在此之前既沒有既定的本國批判傳統，也不存在固定的文學標準。在這種情況下，先驅批評家或者創造自己獨特的批評體系，或者借用法國、英國和義大利等國的批評方式和標準。「前者在任何時代都是不大可能的，後者就成了事實。在一個哲學和政治都受法國影響的國家（德國），法國的古典主義被用於尚顯稚嫩的文學批評，是再自然不過的。」① 由於高特舍特在當時文壇的領袖地位，他的「崇法」傾向幾乎影響了整個德國文壇的審美趣味，在從1730年到1760年的長時間內，高特舍特的主張和觀念左右著整個德國文壇，他本人也因此被稱為「文學界的教皇」。

高特舍特的古典主義文學理想影響之大，以至於他的「崇古」「崇法」傾向遂成為建立具有民族性和獨創性的德國文學的巨大障礙，因此遭到文壇進步力量的強烈批判。包括萊辛、歌德、席勒、赫爾德、施勒格爾等在內的一大批知識分子開啟了對古典主義一系列死板僵硬美學規則的批判與反思，逐漸建立起具有德意志民族特色的文學傳統。雖然高特舍特以致力於建立民族語言和民族文學的姿態登上文壇，但他思想中的保守傾向決定了他最終沒能完全完成這一宏願。他所開啟的文學改革之重任只能留待其後的思想家在對古典主義否定之否定的辯證性批判中逐漸實現。

德國古今之爭以批判高特舍特為代表的古典主義為開端。以古典主義為尊，高特舍特反對天才，認為詩人不是天生的，而是在對藝術法則的學習中後天形成的，高特舍特因此崇尚藝術規則，如他對悲劇情節結構就做過如下規定：「詩人先挑選一個他要用感性形式去印刻在讀者心中的道德主張。於是他擬好一個故事的輪廓，以便把這個道德主張顯示出來。接著他就從歷史裡找出生平事跡類似故事情節的有名人物，借用他們的名字套上劇中人物，這樣就使劇中人物顯得煊赫。」② 他主張：藝術是對自然絕對真實的模仿；排斥情感和想像；強調戲劇中的道德作用，認為戲劇中必須同時存在善和惡的象徵，惡須惡報，善必將善終，否則戲劇本身就是沒有意義的；反對悲劇和喜劇的混合，「悲喜劇是一個荒謬的術語，就像我說有趣的哀歌一樣，它猶如一個怪物」③。

---

① ALFRED R NEUMANN. Gottsched versus the opera [J]. Monatshefte, 1953, 45 (5)：297-307.
② B. 鮑桑葵. 美學史 [M]. 張今, 譯. 北京：中國人民大學出版社, 2010：213.
③ JOHANN CHRISTOPH GOTTSCHED. Versuch einer kritischen Dichtkunst [M]. Berlin：Contumax Gmbh & Co. KG, 2013：7.

他主張描寫類型化的性格，認為具有內部衝突的性格是戲劇需要避免的：「內部衝突的性格像是一種大自然中不會存在的怪物，因為吝嗇的人必須吝嗇，驕傲之人必須驕傲，易怒之人必須生氣，抑鬱之人常保持絕望。」① 悲劇主人公應是王公貴族等「高貴之人」，由此出發，高特舍特指責莎士比亞混合悲劇和喜劇、讓偉大之人和普通人同時出現在舞臺上、對鬼魅的描繪不符合理性法則。他從以下五個方面反對歌劇：第一，歌劇是一種全新的形式，在古代詩歌作品中找不到範例；第二，歌劇不滿足亞里士多德制定的悲劇或戲劇的規則；第三，歌劇拋棄了目的論原則；第四，連續的演唱是非自然的，且違背了藝術模仿自然的戒律；第五，文本和音樂相混合的歌劇表現方式有損道德，顯得不端莊。

作為德國古典主義先驅的高特舍特雖然在建立統一的德語語言上具有傑出貢獻，但他在詆毀彌爾頓和莎士比亞、要求文學具有嚴格的真實性、對想像力的批判、否認詩人的創造性、拒絕承認歌劇的藝術地位、崇尚法國趣味和機械模仿法國古典主義等方面的缺陷也是極其明顯的。於是，高特舍特在完成整頓文壇的歷史重任後，就成為了德國文壇進步的障礙。

1740年和1741年標誌著德國文學批評開始進入一個全新的時代，在這兩年中，兩個瑞士人博德默和布萊丁格寫成《論詩歌異彩》《詩體畫·批判性研究》《批判詩學》《論寓言的性質、意圖和應用》等，將攻擊的矛頭直指高特舍特及其古典主義，對普遍的美學原則提出批評，時代風氣便由此轉變，開始了由古典主義向浪漫主義的過渡。

爭論的導火索是博德默和布萊丁格用韻文翻譯了英國詩人彌爾頓的《失樂園》。《失樂園》翻譯之初就褒貶不一，一些批評家和神學家為作品中宗教的虔誠性和基督教傳統辯護；另一些人則強烈指責作品中的巴洛克風格、充沛甚至是未受控制的想像力、宗教教條上的不準確以及缺少詩性。由於教士們的反對，《失樂園》翻譯七年後尚未正式出版，直到1932年才面世。雖然《失樂園》德語翻譯版存在諸多錯漏和過失，但其在五十年的時間裡至少被重印了四次，且受到廣泛好評。

作為彌爾頓的捍衛者，博德默和布萊丁格不僅閱讀、翻譯、研究《失樂園》，還是彌爾頓的狂熱崇拜者，認為彌爾頓高於荷馬，是真正的詩人，是「德意志聯邦的精神轉折點」，彌爾頓的《失樂園》更是「不同於以往的詩歌

---

① JOHANN CHRISTOPH GOTTSCHED. Versuch einer kritischen Dichtkunst [M]. Berlin: Contumax Gmbh & Co. KG, 2013: 10.

歷史，不同於古典時期和文藝復興時期史詩中對於英雄和宏大的描繪」①。博德默和布萊丁格將彌爾頓作為其理論的滋生點及討論核心，以至於埃伯曉夫在《博德默與彌爾頓》一文中指出，沒有《失樂園》，就沒有博德默的史詩《諾亞》。甚至還可以說，沒有彌爾頓，就不可能會有博德默。② 博德默和布萊丁格推崇以《失樂園》為代表的英國文學，強調想像力和直覺、情感的作用，試圖將感情重新納回被理性統攝的文學領域，這激起了古典主義者高特舍特的強烈不滿。以博德默和布萊丁格為首的一批評論家因此被以高特舍特為首的古典主義者蔑稱為「彌爾頓派」。雙方從彌爾頓出發，就此展開了長達十年的「詩人之戰」，這無疑成為促進德意志文學轉型的重大契機。

博德默和布萊丁格大致從以下幾個方面與高特舍特針鋒相對：

首先，崇尚富有想像力和激情的文學，尤其是英國文學，主張藝術作品是想像力自由創作的產物。布萊丁格認為詩人的任務不是模仿自然世界，而是創造一個想像的世界。在《畫家論壇》中，博德默和布萊丁格主張詩必須通過「激情」方能動人。

其次，強調詩人的天才和創造力。博德默提出：傑出人物或天才，能意識到自身的自由性，能將自己從規則的束縛中解放出來；文學作品的價值及對其的評價不應囿於藝術法則，而應由具有良好審美趣味之人的意見決定。雖然博德默強調詩人的天才和直覺，但他認為不受限制的直覺活動只能導致藝術世界的混亂，詩人和讀者都必須在理性的基礎上綜合運用直覺與想像力進行藝術創作和藝術評判。

最後，關於戲劇，博德默提出了諸多與高特舍特相左的觀點。在戲劇作用和目的上，博德默認為道德教誨不應是戲劇的主要目的，戲劇應追求逼真的場景和人物表現，如此觀眾才能在身臨其境中感同身受；在戲劇情節上，博德默指責亞里士多德過於強調情節的重要性，認為情節應從人物之間的相遇和衝突中自然衍生；在悲劇目的上，博德默指出，「同情」，而非驚異、憤怒或讚美，才是悲劇應在觀眾中達到的效果，為了實現這個目的，劇作家應表現一些與日常生活貼近的主題，這樣才能引起觀眾的共鳴；在戲劇人物上，博德默主張描寫普通人的悲歡離合，而不是以英雄、貴族為主角；博德默反對刻畫類型化、內部沒有矛盾衝突的性格，他坦言，我不能理解為什麼主人公不能同時具有善

---

① ROBERT M GRANT, KURT GALLING, H VON CAMPENHAUSEN. Die Religion in Geschichte und Gegenwart [J]. Journal of Biblical Literature, 1960 (12): 955.

② IBERSHOFF C H. Bodmer and Milton [J]. The Journal of English and Germanic Philology, 1918, 17 (4): 589-601.

良品質和幻想特徵，認為戲劇應描寫個性化、多層次的豐富性格，「每個人其實都擁有兩種性格，（兩種性格）中的想法和意圖鮮少一致，它們彼此爭吵，沒有哪一方能占上風」。①

在德國古今之爭的第一次歷史交鋒中，博德默和布萊丁格獲得了更多文人的支持和同情，雖然他們在破除古典主義文學規範、促進新興文學發展上具有促進作用，就此功績而言他們的著作「和當時歐洲另外兩部偉大的書籍，慕拉多利的《論義大利詩的完美化》和杜博斯的《對繪畫與詩歌的反思》共同奠定了現代詩學觀念的基礎」②。但博德默、布萊丁格與高特舍特論戰的核心，事實上只是「崇法」還是「崇英」之分，對於促進民族文學的發展都沒有起到實質性的作用。「梅林在他的《萊辛傳奇》中說，相對而言，高特舍特在當時更具有進步意義，因為高特舍特在純潔祖國語言、改革戲劇、整頓劇壇、提高演員地位、創辦道德周刊以提高市民道德、用理性啓迪人們、把文學看作教育工具等方面無疑對德國文學的發展起了很大的推動作用。」③ 梅林的評價不僅指向博德默和布萊丁格觀點的非民族性，同時也是對其理論本身的缺陷及其對德國文壇造成的不良後果而言。

歌德就曾指出博德默的很多觀點是拾人牙慧，並沒有自己的獨創性和系統性，因此存在諸多理論上的矛盾之處。比如，博德默一方面讚同艾迪生的觀點，認為想像力是儲存在記憶中的各種印象的產物，強調文學中想像和天才的作用；另一方面又借來巴特的觀點，認為詩人必須模仿，不需要創造新的東西。再如，布萊丁格一方面為彌爾頓的超驗世界辯護，一方面又不希望在詩歌超驗世界、非真實的夢境中濫用迷信。④ 他們一方面強調想像的作用，另一方面又認為由想像創造的非真實的世界只應存在於寓言故事中，且需要被賦予道德教化目的。如二人在《畫論》中所提及的：自然整體是一所學校，在其中創造者為我們創造了各種各樣具有道德象徵的事物，老虎也具有語言能力，它能哀嘆、喜悅，能彼此安慰、彼此幫助，能奉承、威脅、襲擊我們。大致在18世紀40至60年代，英國文學和理論，尤其是有關想像力和情感的理論，不僅深刻影響著德語世界，甚至在整個歐洲都具有重大影響力。博德默和布萊丁

---

① JOHANN JAKOB BODMER. Brief-wechsel von der Natur des poetischen Geschmackes [J]. Philosophy, 1966: 125.

② ROBERTSON J G. Studies in the genesis of the romantic theory in the eighteenth century [M]. Cambridge: Cambridge University Press, 1923: 281.

③ 餘匡復. 德國文學史 [M]. 上海: 上海外語教育出版社, 2013: 79.

④ BREITINGER J J. Kritische Dichtkunst [M]. Stuttgart: Metzler, 1966: 340.

格理論中的矛盾之處正是沒有協調好外來理論（尤其是英語世界對非理性力量的復興）和德語世界本土文學氛圍的必然結果。

博德默和布萊丁格「詩畫不分」的主張對德國文壇產生了惡劣的影響。「當博德默和布萊丁格試圖分析詩歌和繪畫各自的特徵時，他們都沒能成功地為詩和畫界定邊界，且沒有很好地揭示不同類型的詩歌的不同特徵。」① 在他們看來，藝術比之自然的優勢在於，藝術形象能展示被我們所忽視的細節：詩人和畫家能使我們靈魂紛亂的眼光閒適下來，注意到每一個細微的細節。② 因此，博德默認為畫家和詩人的目標應是鉅細靡遺地再現事物，給人一種逼真的幻覺。為此，博德默崇尚希臘畫家宙克西斯，認為傑出的藝術家必須有這一能力：能用作品「使我們迷惑、陶醉，以至於在一瞬間我們會遺忘自己，自願跟隨他們用再現帶領我們進入的境界，我們甚至不會意識到自己的審美自失過程，直到從其中返回到自己的思想」③。以此出發，博德默倡導一種「描寫詩」，希望詩能具有如繪畫般再現自然的功能。這使得當時的德國文壇產生了一大批「描寫詩」，不僅具有辭藻堆砌、形式大於內容的弊病，更表現出一種忽略詩歌本身特徵的膚淺的自然主義傾向。

博德默曾有意識地拒絕超驗世界在作品中的濫用，但他從宗教神學角度對《失樂園》的解讀只能加強這一傾向，這使得當時的文學中混進太多宗教狂熱和信仰的東西。博德默將《失樂園》歸於「詩的神學」，並指出詩人有責任用藝術的方式傳達和再現關於神學和宗教的真理。博德默對《失樂園》宗教維度的強調不僅為文學評論和文學創作引入了很多非文學的因素，更是成了文學脫離現實生活而為無根之源的導線，對高特舍特的古典主義進行更深層次的批判這一任務只能留待萊辛來完成。

萊辛對「古」與「今」的思考可視為德國古今之爭的第二個高潮。他主要從兩個理論角度對高特舍特和博德默、布萊丁格的觀點進行批判：一是對古典主義戲劇公開宣戰，並在《漢堡劇評》中系統地闡發了他自己認為能代表德國戲劇新方向的市民戲劇理論，企圖通過民族戲劇的建立為民族統一做準備；二是直接針對兩個瑞士人「詩畫不分」的觀點而作《拉奧孔》，以揭示詩與畫之間的界限，以及二者不同的藝術特徵。

---

① EATON J W. Bodmer and Breitinger and European literary theory [J]. Monatshefte fuer Deutschen Unterricht, 1941, 33 (4): 145-152.
② BODMER J J. Vom dem Einfluss und Gebrauche der Einbildungs-kraft [M]. Frankfurt: Leipzig, 1927: 20.
③ BREITINGER J J. Kritische Dichtkunst [M]. Stuttgart: Metzler, 1966: 31.

莱辛在寓言《猴子和狐狸》中對文壇只知模仿（不管是模仿法國還是模仿英國）而缺乏民族意識的不良作風進行了諷刺；並在《關於當代文學的通訊》中反對高特舍特：「要是高特舍特先生從來沒有干預過戲劇該多好。他所想像的改進要麼是一些不需要的細微末節，要麼是把它真正變壞。……他認為什麼是嶄新的呢？只是法國化的戲劇；也不去研究一下，這法國化的戲劇，對德國的思想方式是合適呢，還是不合適。」① 在《關於當代文學的通訊》第十七期中，莱辛完全否定了高特舍特的歷史功績，認為他不僅沒有實現德國文學和戲劇的民族化，反而延緩了整個過程。② 面對德國文學的頹勢，莱辛認為，發展具有民族特色和現實傾向的文學才是重中之重，相比之下，與其模仿法國人，還不如學習英國人，因為英國人的文化發展之路更適合德國本民族的傳統。③ 歸根究柢，發展民族文學才是挽救德國文學頹勢的對症良藥。

古典主義理論主要是戲劇理論，針對以高特舍特為代表的古典主義戲劇規範，針對德國劇壇對法國古典戲劇模仿成風的非獨創戲劇實踐，莱辛在《漢堡劇評》中更為系統地提出了自己建設德國市民劇的完整主張，向古典主義公開宣戰，「以削弱如高乃依和伏爾泰所創造的法國戲劇的權威，為更具有現實精神的如狄德羅和其他少數當時人所創作的本國戲劇提出理論辯護」④。在德國當時的戲劇演出中，多數是法國劇本或根據法國劇本的改編本，幾乎沒有代表民族精神和內容的劇本，德國沒有自己的文學，「中國的美文學，且不說只是跟古人的美文學相比，就是跟當今一切文明民族的美文學相比，也顯得那樣年輕幼稚，甚至孩子氣」⑤。因此，在打破古典悲劇權威的同時，莱辛認為更重要的是立本民族戲劇之本。為此，莱辛提出了自己的戲劇理論：

關於戲劇的目的，莱辛認為劇院應該成為對人民進行教育的場所，教育觀眾認識真正的善與惡。而如何實現戲劇的教育目的，莱辛認為只有依靠戲劇本身的「效應」。關於戲劇的效果，莱辛提出，所有戲劇的潛在原則都應是「模仿值得同情的情節」，因此戲劇要通過情節或動作的再現，促使觀眾將劇中人物的遭遇與自身經驗聯繫起來，在此「同情」作用中，觀眾的情感才能得到

---

① 伍蠡甫. 西方文論選（上卷）[M]. 上海：上海譯文出版社，1979：417-418.
② 莱辛曾對高特舍特作品缺乏人民性和民族性進行過諷刺，他譏笑高特舍特的作品實際上只有三類：獻給國王和皇室中人的詩，獻給王公、侯爵的詩以及朋友之間的抒情詩。
③ 德國中世紀的文化傳統注重情感、想像與表現的自由，因此比起推崇理性和規則的法國文學，這與同樣重視想像的英國文學更加契合。
④ BERNSTEIN J M. German aesthetics and literary criticism: Winckelmann, Lessing, Hamann, Herder, Schiller, Goethe [M]. Cambridge: Cambridge University Press, 1985: 9.
⑤ 莱辛. 漢堡劇評 [M]. 張黎，譯. 上海：上海譯文出版社，2002：482.

淨化，道德才能得到教化。為了實現悲劇的「同情」效果，萊辛對戲劇的題材和人物都做了自己不同於古典戲劇的規定。他在德國戲劇史上首次將德國普通市民的普通生活搬上舞臺，用富有深刻意義的日常生活題材取代古典主義的宮廷題材和兩個瑞士人的宗教題材，用滿含悲歡離合、喜怒哀樂的普通人性反抗古典主義人物的類型化、貴族化：「王公和英雄人物的名字可以為戲劇帶來華麗和威嚴，卻不能令人感動。我們周圍人的不幸自然會深深侵入我們的靈魂；倘若我們對國王們產生同情，那是因為我們把他當做人，並非當做國王之故。」① 萊辛指出，宮廷不是劇作家們研究人性的地方，在萊辛的戲劇舞臺上，沒有皇帝、貴族、平民之分，有的只是最自然、最平等的人性，「完整的人」首次在舞臺上發出了自己的聲音，而唯有此才能引起觀眾的共鳴和「同情」。

　　萊辛對古典主義「三一律」提出質疑，認為法國古典主義者對時間、地點、情節的要求是對亞里士多德《詩學》的誤解和教條化處理的結果。希臘悲劇中情節統一是最重要的，時間和地點的統一也是由希臘悲劇自身特點（如有歌隊）所決定的，而法國古典主義者卻將其絕對化並強制性地框在所有戲劇形式上。

　　萊辛打破悲劇和喜劇間的等級劃分，並用自己的創作實踐證明，悲劇不再是僅限於表現帝王將相、英雄貴族的「高貴」體裁，喜劇也不再是只能嘲笑平民的「卑下」體裁。喜劇的意義不在於嘲笑和揶揄，它的真正功效在於：「笑的本身，在於訓練我們的才能去發現滑稽可笑的事物；也就是說，在任何熱情和風尚的掩蓋之下，在任何更壞的或者更良好的品質的混雜之中，甚至在那表現嚴肅情感的皺紋之間都能夠迅速地容易地發現滑稽可笑的事。」②

　　萊辛提倡天才的創造性，以對抗古典主義的規則性和絕對理性：「天才和渺小的藝匠的區別，正是因為天才有目的地寫作，有目的地模仿，後者為寫作而寫作，為模仿而模仿，他們通過技巧的運用獲得了一小點娛樂，也就滿足於此，他們把技巧當做他們的目的，並且要求觀眾看了他們頗具匠心但有目的的技巧運用而感到滿足。」③ 天才的獨創性表現在脫離了對自然存在的絕對依賴和模仿，創造專屬於戲劇世界的真實，需要表現出一個具體性格的人在一定的環境中將要做什麼，這使得戲劇尤其是悲劇，具有了高於歷史的哲學性。萊辛在劇評中不僅從文學藝術方面批判德國人只知模仿的奴性，更擴展到民族意識、道德精神層面，他痛心於德國人還不能成為一個民族，「從道德性格方面

---

① 萊辛. 漢堡劇評 [M]. 張黎, 譯. 上海：上海譯文出版社, 2002：74.
② 伍蠡甫. 西方文論選（上卷）[M]. 上海：上海譯文出版社, 1979：426.
③ 伍蠡甫. 西方文論選（上卷）[M]. 上海：上海譯文出版社, 1979：429.

說，德國人不想要自己的性格，我們仍然是一切外國東西的信守誓約的模仿者，尤其是永遠崇拜不夠的法國人的恭順的崇拜者」①。

在博德默、布萊丁格的影響下，德國文壇和畫壇流行用繪畫的方式寫詩，用寫詩的方式繪畫，其結果就是：出現大量描寫靜物、堆砌辭藻的描寫詩和表現道德教誨的寓意畫、注重故事情節的歷史畫。在萊辛看來，這都是模糊了詩畫界限所造成的惡果，於是他直接針對博德默、布萊丁格「詩是能言的畫，畫是無言的詩」的主張而著《拉奧孔》。萊辛認為，語言藝術和造型藝術具有專屬於自己領域的表現方式和表現內容：語言藝術通過文字表現在時間中延續的動作，造型藝術通過線條、色彩等表現空間中並列的事物，以美為最高原則。造型藝術如果要表現動作，則需選擇最有孕育性的時刻，而語言藝術若要表現靜態事物的美，則最好通過美所產生的動態效果來描寫。

但是，《拉奧孔》的局限同樣也是明顯的。首先，萊辛對美的定義過於狹隘，在萊辛這裡，「美」僅代表古典的、形式的美。在古典美的概念下，萊辛對造型藝術的考查就因此排除了風俗畫、靜物畫、風景畫等非古典的藝術形式。其次，萊辛在溫克爾曼的基礎上更進一步，將美作為造型藝術的唯一標準，因此一概否認寓言畫和歷史畫，認為這是造型藝術對詩歌領域的侵犯。最後，萊辛對文學的不同門類進行研究，卻忽略了同屬造型藝術的繪畫和雕塑的不同特徵，這只有留待赫爾德來進一步深化。萊辛對造型藝術的一系列規定使其只能描繪一種有限的、空洞的美，而詩歌在這方面竟幾乎不受限制，因此不可否認，兩相比較，萊辛將詩歌提到了高於造型藝術的位置上。

之後陸續加入這場論爭的思想家如歌德、席勒、施勒格爾和赫爾德無不表現出了對古典主義的複雜態度。一方面，他們反對機械模仿、簡單移植，反對用一成不變的規則窒息天才的創造力，如歌德也曾否定過「三一律」——地點的一致對我猶如牢獄般可怕，情節的統一和時間的一致是我們想像力的沉重桎梏。② 另一方面，以席勒、歌德為代表的魏瑪古典主義文學在借鑑古典主義藝術形式的基礎上取得了驚人的成就，在反叛古典主義的同時與古典主義更深層次的聯繫使得德國古今之爭褪去了法國古今之爭中思想家們宛若戰士般的激進姿態，多了一絲溫和、辯證與審慎。

① 萊辛. 漢堡劇評 [M]. 張黎，譯. 上海：上海譯文出版社，2002：512.
② 伍蠡甫. 西方文論選（上卷）[M]. 上海：上海譯文出版社，1979：454.

第三章　德國古今之爭的主要論爭問題

概括而言，在德國，古與今的爭論可衍生為關於審美風格（審美類型）的爭論、美的唯一性與美的歷史性之爭、認識論美學與生存論美學之爭。德國古今之爭首先表現出不同於法國的現代時間意識：反對線性時間觀，在「復古」中「求興」，在這樣的現代時間意識下，德國思想家對審美風格的討論就不再局限於對古代/現代的歷史性描述，歷史與邏輯的結合為素樸與感傷、古典與浪漫等賦予了更多社會的、人性的內容。

縱觀18世紀的德國文學批評，有一條極為重要的主線，就是利用歷史主義觀念強調美的歷史性，以此與審美古典主義對美的規則性、唯一性要求形成鮮明對照。以美的歷史主義為武器攻擊古典主義美學的做法在席勒的《論素樸的詩與感傷的詩》中、在赫爾德對審美趣味歷史性與多樣性的強調中、在施勒格爾的小說理論中集中地突顯出來。

最後，德國古今之爭的思想家們從文學、哲學、歷史等各個領域，發起了對理性主義的「進攻」，以「美」為名恢復了情感、直覺、想像等的地位，促進了抽象的形而上學向有關生存、活力、感性的生命哲學的過渡。美或詩被擺放到重要的位置，它從一個超越性的存在出發規範著人類的現實生活，召喚著人類進入一個本真、純化的生命世界。這一本真、純化的生命世界在席勒這裡表現為以古希臘神話世界為藍本的審美自由王國；在赫爾德這裡表現在傳統文化的民族根性中；在施勒格爾這裡則表現為一種反基礎主義的運思立場，表現為對世界詩化、浪漫化的強調。「美」因此成為一種生命形式本身，成為現實社會和人生的參照依據，並由此開啓了以理性主義為基礎的認識論美學向存在論美學的過渡。

一、關於審美風格與審美類型的爭論

古代/現代的二元格局是古今之爭的標準模式，文藝發展中「像古典/現

代、古典/哥特、素樸/感傷、古典/浪漫這樣的對立術語組，以及更晚近的批評習語如古典/巴洛克、古典/風格主義等，都可以追溯至古代/現代的基本區分」①。古典美學的式微，及其向現代美學轉變的重要標誌就是出現了相對應於古典審美風格的現代審美風格，因此關於審美風格、文學類型的爭論一直都是古今之爭的重要內容。產生於古今之爭的一系列二元審美風格可以「區分為兩組，一組是歷史描述範疇，一組是邏輯關係範疇。前者是區分傳統與現代形態的概念，後者則觸及審美現代性自身的內在矛盾和衝突」②。而在德國古今之爭中出現的幾組重要的審美風格與範疇，如素樸的詩與感傷的詩、客觀的詩與有趣的詩、古典詩與浪漫詩則實現了古典形式與現代形式、歷史描述與邏輯關係的結合。

1. 素樸的詩與感傷的詩

在歷史性地考查文藝發展和人類進程時，席勒使用了兩個在 18 世紀非常常見的詞語：素樸與感傷。一方面，「素樸的」與「感傷的」這對術語在廣義上依然體現了從古今之爭而來的古代與現代的傳統劃分；另一方面，席勒並沒有使用這兩個詞彙本來的、通常的意義，他賦予了這對非美學詞彙美學意義，為古今之間的二元對立增添了新的內涵。席勒從歷史、道德、人性、性格等各方面對素樸與感傷的定義正是他想要突破法國古今之爭中古今劃分絕對化、膚淺化的努力。

席勒從人與自然的關係出發，以詩人對世界的不同態度為根據對詩歌和詩人進行了分類——詩人要麼「是自然」，要麼「尋找自然」。前者是人與自然統一的產物，產生素樸詩人和素樸的詩；後者是人與自然分裂後的產物，造就感傷詩人和感傷的詩。正是古代「素樸」性格的消逝才引起現代「感傷」性格對「素樸」理想的追求。於是席勒進一步將素樸與感傷之間的對立歸結為古代與現代的對立：素樸是一種本真的自我表現，是古代的性格，素樸的詩是對自然的現實表現，是古代的詩；感傷則是對本真和自然理想的追憶，感傷的詩是對自然的理想追求，是現代的詩。席勒在《論素樸的詩與感傷的詩》中隨後指出自然人和現代人、素樸的詩與感傷的詩各自的片面性：「形成它們性格的東西，恰恰是使我們性格達到圓滿所缺乏的東西；使我們與它們相區別的東西，恰恰是它們自己的神性所缺乏的東西。我們是自由的，而它們是必然

---

① 馬泰・卡林內斯庫. 現代性的五副面孔 [M]. 顧愛彬, 李瑞華, 譯. 北京：商務印書館，2002：36.

② 周憲. 審美現代性批判 [M]. 北京：商務印書館，2005：179.

的；我們是變化的，而它們始終如一。」① 因此唯有兩者彼此結合，才能真正實現理想的人性，整部《論素樸的詩與感傷的詩》正是以此為邏輯線索，在分別論述素樸的詩與感傷的詩各自的優勢和缺陷後尋求二者的統一，並以人性的分析為基礎勾勒出一幅人類歷史發展圖景。

在《論素樸的詩與感傷的詩》中，席勒在對文學和社會進行討論時，這樣一種尋求對立兩極之間的「綜合」的「折中」方式最明顯地體現於「自然」這一概念中。「自然」首先意味著自然界的事物和現象以及自然而然的本性。如在《論素樸的詩與感傷的詩》開頭所指出的，「在我們生活中的有些時刻，我們把一種愛和親切的敬意獻給植物、礦物、動物、風景的自然，就像獻給兒童、農民風俗和史前世界的人性自然那樣，並不是因為它使我們的感官感到舒適，也不是因為它使我們的理解力或審美趣味得到滿足（與二者恰恰相反的情況可能經常發生），而僅僅因為它是自然」②。在文章的開頭，自然並不具備美學上的意義，更多的是道德上的內涵。自然而然的本性意味著一種自身的完善性、規則性以及和諧性，它未沾染任何文明社會的習氣，指向未被過度文明所腐化的古代文明、古代及人類天性，它表現在自然界中時是一種自我存在的必然性；表現在人身上時是人的各種能力的協調性，即「以這種方式觀察自然，對我們來說絕對不是別的，而是自由自在的存在，事物憑藉自身的存在，遵循自己恒常法則的存在」③。但是現代人在這兩個方面都離自然越來越遠：一方面，現代人憑藉技術來實現對自然的統治，自然界再也不是其本然的存在；另一方面，現代人同時受到物質和精神、感性與理性兩方面的強制，喪失了純樸的自然本性。在這個意義上，「自然」與「文明」相對，與「素樸」更緊密地聯繫在一起。

「自然」同時是一種關於和諧的美學理想，它被席勒樹立為文學的標準：「自然還是燃點和溫暖詩的精神的唯一火焰。詩的精神只是從自然才獲得它的全部力量；……詩的精神由於自然才是強烈有力的。」④ 席勒認為，在他所處的那個文化混亂的時代中，感傷詩人唯有追求真正的自然，詩歌和文明才能獲得拯救。而詩歌要如何才能接近自然呢？不同於法國古今之爭將拉丁世界的詩人設為文學的標杆，德國將理想中希臘世界的單純、和諧作為復興的目標，這就集中表現在對希臘自然人性和文學的自然表達方式（即「不帶主觀干涉地

---

① 席勒. 席勒美學文集 [M]. 張玉能, 編譯. 北京：人民出版社，2011：297.
② 席勒. 席勒美學文集 [M]. 張玉能, 編譯. 北京：人民出版社，2011：262.
③ 席勒. 席勒美學文集 [M]. 張玉能, 編譯. 北京：人民出版社，2011：296.
④ 席勒. 席勒美學文集 [M]. 張玉能, 編譯. 北京：人民出版社，2011：284.

關注客體的能力」）的追求中。荷馬因此被席勒標舉為能夠接近自然的典範詩人。在《論素樸的詩與感傷的詩》前面部分，席勒認為荷馬是「素樸詩人」的原型，但大致在文章第95段之後，席勒宣稱沒有真正意義上完完全全的素樸詩人。觀點的轉變意味著席勒對「素樸/感傷」的歷史分類讓位於理論類型和邏輯上的歸納，素樸和感傷成為一種純粹的文學類型，而綜合了素樸性和感傷性的「自然」作為原型只能無限趨近。

「自然」的複雜性必然會造成以此為定義依據的「素樸」與「感傷」的複雜性。

一方面，在《論素樸的詩與感傷的詩》這篇文章最後，本來不具備美學意義的「素樸」與「感傷」具有了強烈的美學色彩，於是席勒用「現代主義」與「理想主義」取代了「素樸」與「感傷」。具有深刻美學意味的「素樸」與「感傷」標誌著文學批評史上的轉折，它們不僅體現出一種「古典主義方案」，同時也蘊含著現代文學理論的萌芽。① 雖然席勒與古典主義的親和關係在《論素樸的詩與感傷的詩》中表現得極為明顯：他希望保留一些作品（如荷馬的作品）的典範地位以及美學的普遍標準（如自然）。雖然席勒深切地感受到，文明的過度發展、現代社會的分裂、更加精細的社會分工使得現代詩人無力看到關於人類生存的理想，更不能將其再現於藝術中，由此出發可以說席勒代表了整個時代的主流美學觀點：「這類美學學說由於確信藝術中『形式』比『內容』重要，確信一致性比表現性重要，確信古代藝術的高妙最適合實現這些標準，是以堅持『客觀的』審美標準為其特徵的。」② 但是，席勒最終還是對這種古典主義文學標準表示了懷疑：我與希臘文學精神相距甚遠，我能在多大程度上克服這遙遠的距離而仍然成為一個詩人或一個更好的詩人呢？席勒雖然看到現代社會下所必然存在的詩學危機——在我看來，這是一個被證實的事實，即我們的精神和活動，我們的文化、政治、宗教、智力活動都和詩相反，正如散文和詩相反一樣。③ 但席勒同時旨在通過指出古代詩和現代詩的缺陷來為現代文學正名，並賦予它積極的價值使其能與古典文學平分秋色。

另一方面，素樸與感傷在不同地方具有不同的意義。它們可以是歷史的，代表古代與現代的對立；可以是性格學上的，因此具有素樸性格的詩人同樣可

---

① LESLEY SHARPE. Friedrich Schiller: drama, thought and politics [M]. Cambridge: Cambridge University Press, 1991: 170.

② 洛夫喬伊. 觀念史論文集 [M]. 吳相, 譯. 南京: 江蘇教育出版社, 2005: 206.

③ LESLEY SHARPE. Friedrich Schiller: drama, thought and politics [M]. Cambridge: Cambridge University Press, 1991: 172.

以出現在現代，如莎士比亞和歌德，具有感傷性格的詩人也能出現在古代，如賀拉斯、毆里庇得斯。有時，素樸和感傷是一種超歷史的、永恆意義上的文學現象，如席勒認為每個真正的天才都必須是素樸的，否則他將不是天才；然而在另一些時候，素樸和感傷又是特定時代的產物。「素樸」與「感傷」是對立的，同時又能相互包含，甚至互相轉換，「而在這個範圍內，我們也就找不到古代的東西和近代的東西之間的差別了」①。松迪就曾寫過題為《素樸就是感傷》的文章來說明二者之間的相通性。可以看出，寫作《論素樸的詩與感傷的詩》時的席勒已經逐漸脫離對古代/現代的截然二分，古今之爭一直爭論不休的古典與現代在席勒這裡呈現出一種更高層次的融合。正是在此意義上，薩弗蘭斯基才評論道：席勒「把自一個世紀來進行的關於現代和古代之關係的大討論，那由佩羅推動的『古今之爭』，提升到一個更高的水準，並且提供了提示語，而那些浪漫主義作家借此意識到他們自身的努力。他們將席勒關於感傷的概念用到自己身上，施勒格爾將此稱為『有趣的』」②。

18世紀的德國，甚至整個歐洲，都盛行強調形式、分寸、界限，崇尚希臘藝術的「客觀」審美規範。在希臘藝術「客觀」美的映襯下，現代詩歌也就光芒殆盡。這樣一種美學批評視角在席勒處於古典時期時所寫就的《審美教育書簡》中表現得很是明顯，他對於訴諸多樣化的、主觀化的現代「興趣詩」的不滿到達如此境地，以致他不會怯於斷言「由於每個個體的人就是一個個體，因此他的豐富性要小於（類屬的）人」③這一獨特的悖論。但是，在《論素樸的詩與感傷的詩》中，席勒將希臘詩歌劃分到素樸詩的範疇中，同時提出：希臘詩並不是唯一有效的詩歌類型，現代詩同古代詩一樣擁有自身的有效性，且在無限性方面超過了古代詩。

2.「感傷的詩」的美學意義

可以說，在很大程度上，浪漫主義興起的重要動力之一是席勒推進施勒格爾對「有趣的詩」的合法地位的承認。在1797年出版的《論希臘詩研究》的前言中，施勒格爾明確地指出，席勒的《論素樸的詩與感傷的詩》不僅深化了他對「有趣的詩」之特徵的研究，且使自己對古典詩歌的局限性有了新的認識。在閱讀席勒論文之前（此時施勒格爾已完成了《論希臘詩研究》的大部分），施勒格爾對希臘藝術展現出獨特的偏愛，認為它具有普遍有效的、永恆的客觀性，而現代詩歌因其對個性的偏好而被視為一種退化。但席勒對古代

---

① B. 鮑桑葵. 美學史 [M]. 張今, 譯. 北京：中國人民大學出版社, 2010：269.
② 呂迪格爾·薩弗蘭斯基. 席勒傳 [M]. 衛茂平, 譯. 北京：人民文學出版社, 2010：380.
③ 洛夫喬伊. 觀念史論文集 [M]. 吳相, 譯. 南京：江蘇教育出版社, 2005：204.

诗歌价值的相对化、对现代诗的价值重估，开启了施勒格尔对古代与现代更加辩证的观点和看法。

在席勒的古典时期和施勒格尔的前浪漫时期，现代诗因其是有趣的诗而是次要的，有趣的诗在某种程度上对应着人的动物性，它虽然受人类理性的影响，但未被其控制。最有价值的诗歌必须不同于有趣的诗，是对秩序、普遍、规律、客观的表达。但是从《论素朴的诗与感伤的诗》开始，除了统一和秩序，包括个性、多样、丰富等趣味追求与审美风格都具有了合法的诗歌价值，「有趣的诗」从此具有了与客观的诗同等的话语权，这便构成了促进新的「浪漫」美学与观念的思想火光。

虽然并不能完全且彻底地将席勒视为「德国浪漫主义的精神鼻祖」，毕竟席勒与德国浪漫主义之间的差异更具有理论意义，但席勒对施勒格尔的影响是显而易见的。除了上面提及的改变了施勒格尔对整个现代文学的态度外，席勒利用感伤诗对无限和理想的追求彻底突破了古典美学规范中有限、完善、界限等原则的限制，这是对施勒格尔所概括的「艺术是有限的」古典主义原则的否定，也为施勒格尔提出浪漫诗是渐进的总汇诗奠定了理论基础。但二者对无限的渴慕又显出细微的差别：席勒在强调多样性的同时并未放弃为文学树立标准，这表现为席勒一方面想与古典的传统诗学拉开距离，从历史的、动态的视角考查文学的发展。席勒使用带有强烈古典色彩的词汇「素朴」和「感伤」、「讽刺诗」和「哀歌」，但又赋予了其完全不同于古典的意义。另一方面席勒又对艺术的永恒法则孜孜以求：对于素朴诗而言，「建之于上的自然本身是一种理想：它是真正的自然，不同于实际的自然，它代表着永恒的原则，建之于上的是所有健康的生活与和谐的艺术」①。不同于席勒，施勒格尔对无限的理想更倾向于「无所不包」，他旨在从最大程度上探索文学的无限可能性。因此，在席勒看来，诗人与世界、自然的分裂是需要在一个更高的层次上被克服的；而在施勒格尔看来，正是诗人、艺术家所张扬的主观性、他们追求的表现上的夸张为艺术的发展提供了无限可能。

3. 赫尔德对审美风格的反思

尧斯在《席勒与施勒格尔对古今之争的回应》② 一文中指出，席勒和施勒格尔分别在《论素朴的诗和感伤的诗》《论希腊诗研究》中集中讨论了「古今

---

① BERNSTEIN J M. German aesthetics and literary criticism: Winckelmann, Lessing, Hamann, Herder, Schiller, Goethe [M]. Cambridge: Cambridge University Press, 1985: 22.
② HANS-ROBERT JAUSS. Schlegels und Schillers Replik auf die Querelle des Anciens et des Modernes [J]. Literaturgeschichte als Provokation, 1970: 67–106.

之爭」的現實意義，從裡高特開始的古今之爭研究者們都試圖以協調古今雙方的觀點、以歷史相對主義為古今之間無休止的爭論尋求解決之途，但是，席勒和施勒格爾以積極的立場評價現代文學，而非以古典為標準貶低現代文學，才真正實現了論爭的和解。席勒和施勒格爾肯定新的審美風格，用客觀的與有趣的、自然的與人為的、素樸的與感傷的等來描述古代藝術與現代藝術，為建立現代性的美學概念和標準奠定了基礎。堯斯進一步主張，席勒的「感傷的詩」、施勒格爾「有趣的詩」以反思性、自由、無限性為其特徵，與古典藝術對自然的模仿形成鮮明對立，這實際上擴大了審美的表現範圍和界限。但是，堯斯對赫爾德的古今之爭觀持否定態度，他認為赫爾德用歷史相對主義否認古今之間的可比性，並未給這場論爭提供任何有價值的確定思想，只是回到「荷馬之爭」中對古今問題的「老生常談」：承認相對美以達成古派與今派雙方的共識。

曼戈斯在《赫爾德與古今之爭》[1] 一文中並不同意堯斯對赫爾德古今之爭觀點的貶低。曼戈斯認為，席勒與施勒格爾通過區分古典詩與現代詩而賦予現代詩以合法性，赫爾德則是強調歷史的連續性以及文學發展內在的辯證性。赫爾德反對用類似於席勒與施勒格爾抽象化審美概念的方式去解決古與今之間的兩難，而旨在強調對古代遺產的繼承與創新、旨在強調在現代語境下如何實現對古代遺產的辯證性綜合。而正是這樣一種理論立場為赫爾德提供瞭解決「古今之爭」的積極回應，可以說，相比之下，曼戈斯正確理解了赫爾德的理論用心。

赫爾德將古今之爭視為文化王國中一場無意義的、荒謬的爭論，認為崇古與厚今兩派在古今二元對立的框架下僅從自身立場出發，主觀地將某個時代提升到典範地位。兩派都只是「希望建立一個所謂的文化成熟時代或黃金時代作為比較固定的標準。這是多麼地錯誤，每個瞭解歷史的人都能知道這些歷史自身已經是衰敗、墮落的」[2]。赫爾德因此提出「流動的現實互相聯繫」這一概念，認為每個時代每個民族的文化都是歷史河流中不可缺少的環節，任何的歸類、劃分與比較都無法說明文化現實本身的複雜性，因此任何對審美風格的劃分和討論也只是脫離文化具體實踐而得出的抽象概念。

---

[1] KARL MENGES. Herder and the 'Querelle des Anciens et des Modernes' [M] //Eighteenth-Century German Authors and their Aesthetic Theories: Literature and the Other Arts. Columbia: Camden House, 1988: 148-183.

[2] 赫爾德. 反純粹性——論宗教、語言和歷史文選 [M]. 張曉梅, 譯. 北京：商務印書館, 2010: 146.

在《促進人道書簡》的第七、八章，赫爾德開篇直接批評古今之爭，認為古今之爭中古派與今派之間之所以彼此爭論不休，原因在於兩派都遵循了錯誤的理論邏輯，即在對古與今進行二分的基礎上對文學的優劣做出片面評價，而忽略了產生文學的地理與民族背景。在赫爾德看來，本質上，各個時代、各個民族的文學都是由自身的語言、氣候、道德、習性等共同決定的，因此是絕對不可比的，「民族遷移不居；語言彼此混合、發生變化……不但在不同的民族間，就是在同一民族中，詩也取得了不同的面貌」①。既然對於不同時代、不同民族的詩人和大眾來說，詩具有完全不同的意義，那麼在這場評判古今文化孰高孰低的爭論中，學者們根據古代文學的標準貶損現代文學或從現代文學的立場批評古典文學都是毫無意義的。

　　從這種觀念出發，赫爾德跳出了古今之爭中古派與今派的二元格局，同時對二者進行反思。他既不讚成對古典權威的亦步亦趨，也反對用「進步」觀念將藝術和文學放在線性時間鏈條上進行比較，並用現代文學取代古典文學。赫爾德認為，文學與藝術領域不存在誰取代誰、誰比誰更先進的問題。因此，不管是古今之爭中的古派尊崇古典文學規範、主張現代詩應模仿古典詩，還是今派對現代文學優先性的強調，在赫爾德看來都是缺乏歷史眼光的表現。赫爾德從「流動的現實的互相聯繫」出發，認為每個民族都具有自身的獨特性，它們共同存在於歷史的連續性河流之中，並共同促進人類文化的發展。按照赫爾德的理解，人類文化巨鏈是各時代各民族共同努力的結果，因此古代與現代不應是平行的關係，而是繼承的關係，將古與今對立起來割裂了歷史本身的連續性，有悖於歷史規律。

　　赫爾德曾直言，就是因為沒有深刻意識到歷史本身的連續性和繼承性，古今之爭才會成為一場喋喋不休的爭論：「在法國、英國和德國盛行了近半個世紀的要麼傾向於古代、要麼傾向於現代的古今之爭是無意義的，雖然古今兩派的很多觀點都是好的，但這場爭論不會有結果，因為爭論之初就缺乏對此問題的清晰視角。」②赫爾德認為即使現代人具有更豐富的知識、更開闊的眼界，也是繼承前人遺產的結果：「一個人應如何回應古今之爭提出的問題？最終需要意識到，現代並不比古代偉大，他們只是因為更長的時間和更多的經驗而比古代人站得更高，擁有更廣闊的視野。……現代人的優勢是擁有更高的視角，

---

　　① 赫爾德. 反純粹理性——論宗教、語言和歷史文選 [M]. 張曉梅, 譯. 北京：商務印書館，2010：145.
　　② 赫爾德. 反純粹理性——論宗教、語言和歷史文選 [M]. 張曉梅, 譯. 北京：商務印書館，2010：11.

更寬的視野，能從多種多樣的事件中受到教育，很顯然這些優勢並不專屬於某一個民族，我們都是後來者，我們都是現代人。」①

至此，赫爾德用歷史的連續性與繼承性消解了古代與現代之間的對立與緊張，一定程度上顛覆了古今之爭的邏輯前提。以「流動的現實的互相聯繫」為理論依據，赫爾德開始關注同時代人對古今之爭的回應。雖然在《促進人道書簡》中對古今之爭的批評沒有直接提及席勒和施勒格爾，但赫爾德對根據自身理論出發將文學和時代進行二分、比較這一做法進行批判時明顯指向的是席勒和施勒格爾。赫爾德認為雖然他們二人以素樸的詩、感傷的詩和客觀的詩、有趣的詩為文學提供了新的類型和風格，但任何種類的劃分與比較在赫爾德看來都是無效的，因為它們根本無法還原歷史的具體語境和文學現實本身的複雜性。正如赫爾德所言：「東西方之間，希臘人和我們這些歐洲人之間出現的巨大差別，不是類的不同造成的，而是出於民族、宗教和語言的混雜，還有習俗、情感、知識和經驗的歷史表述。很難用一個詞概括這種差別。」②

針對赫爾德的批判，施勒格爾在《評赫爾德的〈促進人道書簡〉第七卷和第八卷》中為自己的立場做了辯護：「在這場饒有趣味的古今之爭裡，人類歷史的兩個主要部分匯合又分離——人們或許可以稱之為文化王國中的內戰。在這裡，這場古今之爭僅僅從它的外在起因得到解釋：古今的概念只有在這裡才找得到，只有當它們已經固定下來，並且是從人類自然本身引申出來時，這場爭端才能從它的內在起因得到解釋。」③

施勒格爾在此再次強調了應對文學做出區分與比較，認為赫爾德文化多樣性的視角只是對這一問題的複雜性的逃避，根本不足以解釋各個時代和各種文化之間的不同：「赫爾德文章的結論否認不同時期和不同民族的詩可以相互比較，甚至否認有一個評價的普遍標準存在。不過這一點也得到證實了嗎？——如果還沒有做一個無懈可擊的嘗試以劃分詩的領域，這種劃分因此就必定不可能存在嗎？——僅僅按照地點、時間、方式來觀察藝術之花，而不作評價，這個辦法最終不會得出別的結果，而只會導致這樣一個結論，即一切事物現在和

---

① 赫爾德. 反純粹理性——論宗教、語言和歷史文選 [M]. 張曉梅，譯. 北京：商務印書館，2010：10-12.
② 赫爾德. 反純粹理性——論宗教、語言和歷史文選 [M]. 張曉梅，譯. 北京：商務印書館，2010：151.
③ 施勒格爾. 浪漫派風格——施勒格爾批評文集 [M]. 李伯杰，譯. 北京：華夏出版社，2005：131.

过去是怎样，就必定还是怎样。」① 施勒格尔认为，我们「需要做的是研究古与今之间的不同和相互关系，如其在文学中那样，为的是能在古人那里找到现代诗的起源。唯有如此才将有可能解决这场文化的内战，而不仅仅从历史变化的外在视角，更要从人类自然本身引证」②。

另外，赫尔德并不赞成像席勒那样设立一个超越历史和环境的普遍的理想人性。他认为，没有哪个民族能为理想的人性提供具体的范例。人性的每一种表现形式，都只属于特定的时代、特定的民族，甚至是特定的个人。因此不能用单一的人性形式作为衡量整体人类的标准，即使如席勒所迷恋的古希腊健全人性也不能代表全体人类。赫尔德反复强调，每个民族的特性，每个人的人性都值得被尊重、被承认：「任何一个民族，在某个特定的时间、某种特定的场境，都曾有过这样的幸福时刻，否则，他们就算不上一个真正的民族。实际上，人性绝非一个容器，盛着某种像哲学家们定义的那样绝对的、独立的、不变的幸福。……每个民族都在其自身之内有自己幸福的中心，正如每个圆球都有它自己的重心。」③ 每个人、每个民族都有自己内在的尺度，都有自己的幸福观，因此不能用普遍的理想人性来限定每一个独特个人和民族的无限发展可能，每个人应听从自己内心最真诚的声音的召唤，用最自我的方式选择最适合自己的生活。

赫尔德极力反对席勒在古今之争中的理论逻辑，认为席勒首先设立一个理想的人性是无意义的，因为根本不能证明理想中的完整人性是否真正存在，即使古希腊真的存在这样健全的人性，赫尔德认为对它的复兴也将是徒劳的，因为人性是具体情境的产物，每个时代和民族都拥有不同形式的完美人性；另外，理想人性作为人性发展的目标又在无形之中成为被给定的、外在于人的目的，人丧失了自己设定人生目的的自由。在理想人性这一点上，赫尔德认为席勒与启蒙理性主义陷入了同样的普遍主义的逻辑错误中。总之，赫尔德提倡价值的多元、文化的兼容，认为不能用绝对的标准或理想将一切民族或文化分成三六九等。对于每一个人而言，什么是理想的生活和人性都取决于他所赖以生存的具体环境。一切的民族和个人，其价值都必须根据自身来加以判断，没必要遵循普遍的理想模式，一切的文学风格、文化类型更是如此。

---

① 施勒格尔. 浪漫派风格——施勒格尔批评文集 [M]. 李伯杰, 译. 北京：华夏出版社, 2005：137.
② BERNSTEIN J M. German aesthetics and literary criticism: Winckelmann, Lessing, Hamann, Herder, Schiller, Goethe [M]. Cambridge: Cambridge University Press, 1985：22.
③ 赫尔德. 反纯粹理性——论宗教、语言和历史文选 [M]. 张晓梅, 译. 北京：商务印书馆, 2010：8.

二、美的「歷史性」之爭

　　德國美學發展到席勒，出現了如鮑姆嘉通的《美學》、溫克爾曼的《古代藝術史》、高特舍特的《寫給德國人的批判詩學試論》、萊辛的《拉奧孔》、康德的《判斷力批判》等經典之作，不管它們是將美與科學認識、邏輯活動聯繫起來，還是與具體的藝術實踐聯繫起來，無不追求一種放之四海而皆準的唯一的藝術普遍法則和藝術審美趣味。鮑姆嘉通對「美學」的命名本身就是一個極為現代的事件，他在理智主義的時代氛圍中，以科學為名為「美」爭得一席之地，實際上則是將美設定為依附於哲學原理而去認識真理和實現完善的工具。溫克爾曼的《古代藝術史》以「史」為線索論述了古希臘時代藝術的繁榮與衰落，認為真正的藝術必須返回希臘，以其為楷模，提出「高貴的單純、靜穆的偉大」這一古典審美規範，表現出強烈的希臘中心主義。高特舍特則在美的客觀性方面尋找能經得起真與假的考驗的美的永恆性。萊辛的《拉奧孔》雖然是對具體雕塑作品的分析，但隱藏在「詩畫界限」這一論題背後的卻是對古代藝術的歷史性回應。而康德將美視為純粹理性和實踐理性的仲介，美的四個契機作為美學原則而普遍適用。

　　到席勒寫作《論素樸的詩與感傷的詩》，他將對藝術類型的分析與歷史的發展結合起來，在自覺的歷史感和現代感的基礎上探尋藝術發展的自身規律以及藝術與時代之間的關係，實現了「史」與「論」的歷史與邏輯的統一。在赫爾德這裡，美的歷史主義成為其美學思想的根基，最終實現了美的「歷史維度」的轉向。施勒格爾則將美的歷史性原則推向「反對古典主義的每一種形式的極端」。

　　1. 審美趣味的歷史性與多樣性

　　古留加在《赫爾德》中頗有見地地指出了赫爾德關於美的歷史主義觀點在其美學思想中的重要性：歷史主義賞識作為哲學家的赫爾德，歷史主義也是他的美學觀點中的決定性的東西。[①] 赫爾德的美學思想中充滿著歷史主義精神，他認為並不存在著普遍有效、永恆不變的審美規則和審美趣味，任何關於美和趣味的觀點與看法都是歷史性的產物。赫爾德在《沒落的審美趣味在不同民族那裡繁榮的原因》和《趣味的改變：論人類趣味和思維方式的多樣性》

---

① 阿・符・古留加. 赫爾德 [M]. 侯鴻勳，譯. 上海：上海人民出版社，1985：138.

兩篇文章中反對古典主義將趣味教條化、固定化的做法，主張審美趣味的歷史性和多樣性。

在《沒落的審美趣味在不同民族那裡繁榮的原因》一文中，赫爾德對四個不同時期不同民族（古希臘、古羅馬、文藝復興時期的義大利、17世紀路易十四統治下的法國）的審美趣味進行分析後，得出結論：「各個時代是那樣不同，審美趣味的範圍也同樣是那樣不同，似乎永遠是無關緊要的規律在發生作用。原料和目的對於一切時代都是不同的。」① 審美趣味必定會隨著時代的變化而改變，它的產生和衰落都是一種自然規律，是不可逆轉的。《趣味的改變：論人類趣味和思維方式的多樣性》一文的開篇，赫爾德就指出審美趣味具有多樣性：

當我覺得某物是真的或美的，當我能通過理性辨認某物是真的或美的時，我們會很自然地希望每個人都和我擁有同樣的情感和觀點。但是，當然，根本不存在真理的基本規範和趣味的確定基礎。我通過理性判定為真的、美的、好的、愉悅的東西在其他人同樣通過理性判定後可以是錯的、醜的、壞的、不愉悅的。真理、美和道德價值是一種幻象，它以不同的方式、不同的形態展現在不同人面前：它是一個真正的普羅秋斯（多變的人），通過魔法鏡一直處於變化中，從不以同一的面貌顯露自身。②

2. 反對美的主觀主義和相對主義

雖然對審美趣味歷史性、多樣性的強調在根本上是對以理性為根基的古典主義美學對審美趣味唯一性要求的反叛，但對審美趣味歷史性、相對性的強調卻總是被視為一種主觀主義，如卡西爾在《啓蒙哲學》「鑒賞力和主觀主義傾向」一節中就將審美趣味和審美鑒賞作為主觀主義興起的契機。在這樣的思想氛圍中，赫爾德也常被看成一位主張審美趣味絕對個人化和相對化的思想家。但是，赫爾德雖然從趣味的多樣性、歷史性出發來探討美學問題，但他並未因此走向絕對的相對主義和主觀主義，且對美的主觀主義和相對主義是持批判態度的。赫爾德對美的主觀主義和相對主義的批判集中反應在《批評之林》（四）和《論美》中對里德爾觀點的駁斥以及對美是主客統一的強調。

里德爾認為審美趣味是絕對多樣的，因此根本不可能存在普遍的審美規則和抽象的審美標準：

美是一種不能被表達和解釋的東西，美是感受的，而非傳授的。因為它僅

---

① 赫爾德. 赫爾德美學文選 [M]. 張玉能, 譯. 上海：同濟大學出版社, 2007：134.
② Herder J G. Philosophical writings [M]. Cambridge：Cambridge University Press, 2002：247.

僅從物體對我們的感官和想像力留下的印象來判斷，這一印象根據感受者的接受力不同而不同，誰能為我定義美中什麼是客觀的？一個事物使某人愉悅同時會使其他的人不愉悅。第二個人是錯誤的嗎？還是第一個人錯了？或者他們二者都不對？美的領域不同於真理的領域，在真理的領域中兩個相反的判斷必有一個是真的、一個是錯的。對我來說是美的就是使我愉快的。如果它使其他人不愉悅，它對他來說就會是醜的。我會容忍他的感覺，他也應該容忍我的。①

里德爾強調審美趣味在不同的時代、民族和文化背景中會呈現出完全不同的面貌，每個國家和民族之間因為審美趣味的差異而不可避免地形成審美上的矛盾和衝突。里德爾認為審美趣味的一個本質特徵就在於其變化性，因此想要在多種多樣的審美趣味中找出一個普遍的法則幾乎是徒勞無功的。

和里德爾一樣，赫爾德也認為審美趣味是多樣的，但赫爾德並不因此就斷言審美趣味是任意的、毫無規則的和完全個人化的。里德爾和赫爾德的出發點一致，但一個走向了美的相對主義，一個極力反對美的相對主義。赫爾德認為里德爾的僵局來源於他對人類感知能力的錯誤劃分，里德爾將人類的感知視為一種任意的、個人化的能力，因此不管是在歷史層面還是在心理層面，趣味都只會陷入一種膚淺的相對主義。而赫爾德則指出，人類的感知能力，尤其是對藝術的審美判斷，是具有普遍性和統一性的判斷力在美學這一具體領域或某種特殊事物中的實際運用。

赫爾德認為，審美趣味和其他理性能力一樣，都是我們對某一類事物所進行的判斷，不同的是審美趣味是對某類特殊事物即美的事物的判斷。從更高的層次上講，審美判斷也是一種認識能力。因此，人類共有的心理結構和認知結構就是審美趣味具有一定普遍性和規則性的保障。「塑造個人趣味的外部事物會隨著個人所處的環境而變化，趣味也會隨之具有不同的面貌。它會根據個人能力的發展而變得更單調或更生動，更強或更弱，更清楚或更混亂。但是因為趣味的起源植根於心靈的基礎結構和運轉，赫爾德強調這些心靈的原則構成獨特的個人趣味的基礎。原因的統一性使我們可以認為在我們普遍的心理結構之上確實存在著審美趣味的『標準』。」②

因此，赫爾德主張，即使存在著諸多個人化的偏好，但「美」從來不會只是一個含混、空洞的名詞，每個特殊的時代和地域都有專屬於自己的審美法

---

① HERDER J G. Philosophical writings [M]. Cambridge: Cambridge University Press, 2002: 251.

② ROBERT E NORTON. Herder's aesthetics and the European enlightenment [M]. New York: Cornell University Press, 1991: 173.

則。問題的關鍵不是是否存在這樣的審美法則，而是它的存在並沒有被人很好地理解。如他在《批評之林》（四）中所言：「趣味不應是通過時代、習俗和民族得到解釋嗎？它不會因此常有一個第一原則，而這個第一原則沒有被足夠地理解，沒有被同樣地感知，也沒有被正確應用。即使是多變的審美趣味，它在不同的天空和氣候中持續變化，變化的原因本身難道不能證明：存在一個唯一的美，就像善和真一樣？」① 審美判斷起源於人類共同的心理能力，因此，它也應是某種統一原則，即赫爾德稱之為「一」的特殊產物。赫爾德為此構想了一種理想的美學家，他能在審美趣味多樣、任意的表象下找出潛藏其中的抽象原則，他能擯除個人的偏見，在「一」的基礎上客觀地評價每個民族、每個時代的文化成就：

  因此存在著面向每一種藝術、每種趣味的美的理想，我們可以在一切民族、時代、主題和藝術產品中找到這種美的理想。可以肯定的是，它很難被找到……確實有一些民族在帶有個人特質的對民族的再現和想像中突出民族特徵。但是打破這種先天的和後天形成的個人化的偏見，放棄特殊情境下的不規則，放棄不由民族、時間和個人所決定的審美趣味，最後欣賞在所有時代和民族、所有藝術和多樣的審美趣味中都能找到的藝術作品是可能的。將其從所有外部因素中分離，鑒賞和感知它的純粹。擁有這種審美趣味的人是快樂的！他被授予了所有繆斯、所有時代、所有記憶、所有作品的全部奧秘。②

  赫爾德強調審美趣味的多樣性、歷史性的同時也指出所有文化之間在一定程度上所具有的共通性。赫爾德的思想不同於里德爾「相對主義」所主張的「不同價值之間的文化不可溝通」這一封閉式的理論取向，而是主張在文化價值、審美趣味的「差異」中實現相互的「溝通」和「承認」。文化的相對主義看似強調每種文化的絕對獨立性，實則只會因各種文化間的隔絕而用一種文化評價甚至取代另一種自己所不能理解的文化，最後只能陷入一種狹隘的文化立場。赫爾德承認多元價值有進行相互對話的基礎，不像相對主義一般總是從「我」出發，而是除去了相對主義固有的自我中心主義，杜絕了文化和審美上的「單一」主義。

  里德爾主張美是一種純粹主觀的性質，並不涉及美的事物的客觀屬性，與之相反，赫爾德則強調美的客觀性，認為美是主觀與客觀的統一體。里德爾提

---

① ROBERT E NORTON. Herder's aesthetics and the European enlightenment [M]. New York: Cornell University Press, 1991: 173.

② ROBERT E NORTON. Herder's aesthetics and the European enlightenment [M]. New York: Cornell University Press, 1991: 176.

倡一種建立在「即時感知」概念之上的認識論。他認為人類有三種最為基本的感情：共通感、良心、趣味。這三種感情獨立運作，且都不具備反思性，它們不僅構成了人類心靈的基本結構，而且是我們評價世界的基礎。因此，正是這三種感情使我們直接產生了關於真、善、美的看法。里德爾認為，我們通常會不加反思地在某種內在感情的推動之下便即刻判斷出什麼是真的、假的、好的、壞的。

赫爾德對里德爾的觀點提出反對意見，認為我們不能僅僅將我們對藝術作品的即時體驗和我們主觀上愉悅或不愉悅的情感作為評價藝術價值的唯一標準，並說明了自己的理由。

首先，里德爾將美的主觀主義引向極端，將美僅僅作為「即時感知」的結果，因此不僅否認了美所具有的客觀標準，就連對美進行定義也成了不可能。在赫爾德看來，里德爾這種從心理學方面對美進行主觀的研究存在著巨大的缺陷，它不從作為美的對象的藝術作品、美的事物進行分析，不能形成對美的科學研究。在赫爾德看來，美學是一門各抽象科學中最具有成果的科學，因此赫爾德認為美是絕對的，雖然它受歷史和環境的制約而具有不同的形態，但我們依然可以在其中找出美所固有的基礎和標準。為此，赫爾德區分了藝術趣味和對趣味的哲學分析，認為對美的事物的主觀體驗可以是鑒賞家的審美目標，但它絕對不會是美學家的目的所在。如果要將美學建立為一門真正獨立的科學，就必須摒除對美的純主觀理解而對其進行科學分析，美學的真正任務是揭示出給定的藝術作品和藝術現象的本質和規律，真正意義上的美學家應該能超越於個人審美趣味，證明所有單個的趣味如何體現藝術的普遍法則。

其次，赫爾德認為根本不存在里德爾所謂的「即時感知」，任何表面上看來是「即時的」「瞬間的」感知或感覺實際上都是判斷和反思的結果。如果缺少反思活動為所有簡單的印象賦予意義和思維脈絡，它們只能是孤立、分散的。反過來，如果當我們對感官印象或簡單感覺有清晰的意識時，它已不僅僅是一種即時的感知。赫爾德清楚地指明：即便是在最輕微的程度上，認識某事物就意味著已經認清了它，對它沒有判斷就做不出區分，有了判斷就不再是即時感知。認清某物需要對其從屬性概念有清晰認知。[1]赫爾德反覆強調，根本不存在純粹的印象或即時感知，如果我們不運用比較、分析等認知技能，我們甚至不能理解和意識到最簡單的印象，我們認為僅僅是「即時感知」的東西

---

[1] ROBERT E NORTON. Herder's aesthetics and the European enlightenment [M]. New York: Cornell University Press, 1991: 186.

實際上是判斷的產物。

最後，赫爾德在確認美具有客觀基礎的同時並不否認人們對美的主觀感受，但他認為只有在人的感受能力與美的客觀基礎發生相互作用時，人才能感受到美。也就是說，沒有對象客觀的美，人們無法產生美感；相對的，客觀事物的美也只有在合乎人情時才能真正成立，也就是人為美賦予了尺度。因此，赫爾德認為我們應從客觀和主觀，即美的事物和主觀感覺中去理解美。赫爾德在《論美》中的一段話就提及了要從主客兩方面論述：「任何一個有理智的哲學家，都不會離開認為事物是美的這一主觀概念去考查事物與美在客觀上的一致。事物本身是什麼樣的，它就是什麼樣的——「就其本質來說是完善的或不完善的；當我認識到或感覺到它的完善或不完善的時候，它對我來說就變成美的或醜的」①。在赫爾德這裡，美是事物真實性和完善性的感性形式，真善美是不可分割的統一體。客觀事物本身的和諧、對稱、完善等與人類自身產生共鳴時，人類就能感受到美：「一物活躍的力所處的平衡狀態（帶有限制的存在）決定著此物的存在或持久性。行動和靜止最大地構成了事物。……如果它與我的情感和諧一致，那此物的持久性對我而言就是愉悅的，否則就是醜的、可怕的、可憎的。事物自身的持久性和和諧狀態與我們人類自身的幸福和諧狀態息息相關。」② 我們對美的感受其實是由客觀事物的和諧狀態引發的共鳴和主觀感受。

3. 從審美趣味的歷史性出發為莎士比亞辯護

以審美趣味的歷史性為理論依據，赫爾德為莎士比亞戲劇做出了辯護。他對莎士比亞的評價集中體現了古典審美規範和現代審美規範之間的衝突。莎士比亞的戲劇被古典主義者們視為異端，因此被排除在高雅藝術之外。古典主義者主要從以下幾個方面指責莎劇：①語言方面。莎劇的語言不是上層社會或貴族階層所使用的文雅語言，而是日常生活中的市民語言。莎評家如蒲伯、約翰遜等認為莎劇語言粗俗、文詞浮華、常使用雙關，句子冗長而臃腫，並不符合古典主義審美規範對語言清晰、凝練、典雅的要求，而這被評論家們歸因於莎士比亞所處的伊麗莎白時代戲劇趣味低級。②莎劇在形式上突破了三一律，他利用無邊的想像打破時空界限構建出超現實的荒誕場景。莎士比亞對悲喜劇的混合同樣被古典主義者們斥為不懂得藝術規則。③人物塑造上沒有遵循古典主義的「得體」原則，人物的語言與人物身分不符，伏爾泰就曾指責莎劇中帝

---

① HERDER J G. Kalligone [M]. Riga：Hartknoch, 1800：74.
② HERDER J G. Kalligone [M]. Riga：Hartknoch, 1800：688-689.

王沒有帝王相。④莎劇缺乏理性。布瓦洛認為理性才是藝術創作的最高原則，藝術必須壓制感情和想像力，服從於理性才能臻於完美。古典主義者們認為正是因為莎士比亞對情感和想像的恣意揮灑才導致其戲劇情節上的散漫。⑤莎劇缺少道德教誨作用。約翰遜指出莎劇中很多地方壞人沒有得到應有的懲罰，正義沒有得到伸張，因此莎劇從整體上來說不能起到道德教化的作用。

雖然古典主義者們明確地站在古典美學一邊對莎劇中違反古典原則之處進行了無情的譴責，但他們又不能完全否定莎劇的藝術成就。他們不得不得出看似矛盾的結論，一方面承認莎士比亞的才華，認為莎士比亞有創造力，是天才；但另一方面又受到古典主義機械、僵化的美學觀的影響，認為莎劇傳播了粗野的趣味、無視藝術規則。伏爾泰就是其中的典型，他率先將莎士比亞引進法國，承認莎劇中的部分章節是天才的創作，但同時又將莎士比亞貶稱為「野蠻的戲子」，譴責莎士比亞缺乏藝術修養，違背了藝術法則。

對莎劇評價的這種矛盾性從何而來？原因在於，僵化的古典主義美學規則已經無力解釋為何莎劇在違反理性原則的情況下仍能取得如此成就。一些古典主義者雖然看到莎劇的優點，但因缺乏進行美學革命的勇氣和理論積澱，而只能在古典主義的教條中艱難前行。在德國，赫爾德跳出古典主義的圈子，指出前輩們對莎士比亞的錯誤評價皆是因為缺乏歷史的眼光。他從美的歷史主義出發，認為莎士比亞戲劇和希臘戲劇都是各自歷史條件下的產物，因此二者適用於不同的評價標準。赫爾德的《莎士比亞》一文的主要目的就是從戲劇及其審美趣味的歷史性和多樣性這一角度出發為莎士比亞進行辯護。赫爾德之後，施勒格爾、歌德等都借助於對莎劇的評價顛覆古典主義的美學規範。對莎劇的評價無可爭辯地成為古典美學規範與現代美學規範進行論爭的一塊重要陣地。

在《莎士比亞》一文中，赫爾德高度評價了莎士比亞，稱其為「新索福克勒斯」：

雖然莎士比亞沒有（如希臘戲劇一樣）從合唱開始，但他創造了木偶劇和歷史劇；從這些戲劇和木偶劇低劣的土壤中他創造出了在我們面前生動無比的優秀作品。他認為，除了地域、生活方式、態度、民族和說話方式的多樣化外，沒什麼能比擬希臘民族性中的素樸性。……所以他將不同地域和個體、不同民族和說話方式、國王到愚者集合為一個優秀的詩性整體。……他在歷史、故事、行動中沒有找到素樸的精神，他如他所認為的那樣敘述歷史，他的創造精神將很多不同的東西匯集到一個神奇的整體中；雖然在希臘的意義上我們不能稱其為情節。……你會用荷馬的頌歌來歌唱這位新索福克勒斯！你會創造一

種能適應他的理論。①

根據赫爾德的「隸屬」觀念，即個人必然處在特定的時間與空間中，才能保持其與一種傳統的親緣性聯繫。與之相應的是，戲劇也必然產生於一定的歷史條件中。赫爾德用土壤和植物的關係來說明莎劇和希臘戲劇都是各自具體歷史情境的特殊產物，各有各的藝術規則和評價標準。「我們首要的和最後的問題僅僅是：土壤是什麼樣的？它準備收成什麼？被播種下了什麼？它最適合產出什麼？我們離古希臘多麼遙遠！歷史、傳統、習俗、宗教、時代精神、民族精神、情感、語言——與希臘相差太多！在（莎士比亞）這個不同的時代裡——不管是變得更好還是更壞，始終是改變了——出現了一個能借用天然材料創作戲劇作品的天才，像希臘人一樣自然、獨特地進行創作；……因為後者不同於前者而對後者進行譴責是多麼愚蠢的行為，因為（莎士比亞創造力）的本性、優點和完善基於這一事實：時代與先前不同，從他那個時代的土壤中長出了不一樣的植物。」②

赫爾德認為，雖然莎劇從希臘戲劇中繼承了關於悲劇、喜劇的遺產，但時代的改變使二者具有了完全不同的藝術特徵，因此用古典戲劇的規則來指責莎劇完全是不智之舉。赫爾德並不是不承認藝術的規則，他認為從歷史主義的角度來看，法國古典主義的三一律等原則本身沒有對錯，遵循古典原則的伏爾泰同樣能成為他那個時代的經典作家。只是對規則的不恰當運用，以及將其視為藝術美的唯一來源才會導致藝術的僵化和刻板化。由此出發，赫爾德極其反感對古代戲劇的空洞模仿，他認為這樣的模仿最多只能形似，而不能傳達出活生生的生命精神，赫爾德就此從戲劇「歷史性」的角度為德國現代戲劇的發展「爭」來了合理性與合法性。

三、「民族」的理論建構與民間文學的價值

在德國古今之爭中，除了廣泛意義上「古」與「今」之間的論爭，對德意志「民族性」的探討也是其主要內容。赫爾德不僅重視民族語言、民間文學，而且對建立民族文學和重拾民族特性之必要性進行了學理性論證。赫爾德

---

① BERNSTEIN J M. German aesthetics and literary criticism: Winckelmann, Lessing, Hamann, Herder, Schiller, Goethe [M]. Cambridge: Cambridge University Press, 1985: 168.

② BERNSTEIN J M. German aesthetics and literary criticism: Winckelmann, Lessing, Hamann, Herder, Schiller, Goethe [M]. Cambridge: Cambridge University Press, 1985: 167.

對民間文學的搜集記錄並不出於考古興趣，為了瞭解過去的人們的生活狀態，而是要在歷史遺跡中發現重塑現在和將來的模型。這樣一種文化民族主義思想和觀念不僅是赫爾德試圖將德意志文化從法國古典主義權威中解放出來的具體文化實踐，也是其反思啓蒙、建構德意志民族文化的理論武器，它旨在為德意志這樣一個後發的現代化國家提供關於社會轉型與變革的另一種答案。因此，赫爾德的文化民族主義思想，尤其是他對民族語言和民族文學的重視，都必須回到啓蒙與反啓蒙、現代性內部的分裂與張力的語境下才能理解。

1. 對「民族」概念的理論建構

誠如愛爾岡在《赫爾德與德國民族主義的建立》一書中所言，赫爾德對德國文化民族主義的建立所做出的最大貢獻，不是從情感上強烈反對德國對法國的模仿，也不是他在現代性衝擊下對民間文學和詩歌的呼籲本身，而是對「民族」這一概念的理論建構：從更高的學理的層面論證了抵禦外來文化、發展民族文化和建立民族文學、張揚民族特性的必要性。

赫爾德關於「民族」的思想在孟德斯鳩和維科的影響下形成。[①] 孟德斯鳩在《論法的精神》中表達了一種「地理環境決定論」的觀念：不存在適用於任何國家和民族的普遍法，法律的制定取決於地理環境、社會特徵等因素，各個民族間地理環境、社會特徵的差異必然導致法律制度和體系的不同。如以賽亞·伯林在《赫爾德和啓蒙運動》中所說，自孟德斯鳩以後，「地理環境決定論」傳播甚廣，影響甚大。在早期的裡加歲月（1764—1769 年）中，赫爾德將孟德斯鳩奉為卓越的大師，滿懷熱情地接受其思想的洗禮，並將其「地理環境決定論」應用到自己對文化和歷史的研究中。赫爾德將自己比喻為「另一個孟德斯鳩」，主張文明的多樣性最大程度上取決於地理環境的差異性：「海洋、山脈、河流不僅是土地的，而且是民族、習俗、語言、帝國的最自然的分界線；甚至在最重大的人類社會變革中，它們都是世界歷史的指導和限制。」[②] 在赫爾德看來，民族差異的根源在於地理和氣候，隨著歷史的不斷發展，地理和氣候的不同會越來越明顯地反應在他稱之為民族特性和民族靈魂的東西中，最終形成不同的民族共同體。

如果說赫爾德從孟德斯鳩這裡繼承的還只是看待問題的視角的話，那麼他從維科這裡借用的則是後來成為他理論基石的兩大觀念：歷史連續性以及民族有機性。維科認為不同的歷史時期之間不是斷裂的、毫不相關的，每一個時期

[①] William A. 威爾森. 赫爾德：民俗學與浪漫民族主義 [J]. 馮文開, 譯. 民族文學研究, 2008 (3)：171–176.

[②] HERDER J G. Philosophical writtings [M]. Cambridge：Cambridge University Press, 2002：38.

總是以前一個時期的成果為基礎發展而來。赫爾德受到維科歷史連續性觀點的啓發，提出一切事物的產生都不是憑空的，總是在另一些事物的基礎之上發展而來，文化也是如此——先輩的文化積澱對於後世的文化繁榮具有至關重要的意義。根據維科的民族有機性觀點，赫爾德認為，民族是一個文化獨立的實體，因此每一個民族都應自主地掌握自己的命運，「每個民族都具有自己的幸福觀」，而不是對其他的強勢文化趨之若鶩。

在孟德斯鳩與維科的雙重影響下，赫爾德逐漸清晰地提出自己的觀點，他正式提出「民族」的概念，並對其內涵做出了自己獨特的解釋。在赫爾德的闡釋中，民族是指生活在同一片土地、在共同的語言基礎上擁有共同歷史傳統的人們所構成的共同體，其中，共同的語言和文化是民族最重要、最典型的特徵。因此，赫爾德意義上的民族是文化的，而非政治的共同體，是建立在特殊文化和精神傳統之上的有機體。「有機」一方面在於民族在繼承傳統文化遺產的基礎上不斷豐富和完善自身，由共同文化所體現出來的民族精神使得每一個民族成為獨特的「這一個」；另一方面意味著每一個民族，如同一個生命有機體一樣，都有自己開花結果、興旺凋零的過程，具有內在的、天然的內在力量和變化規律，它不是一個抽象、永恆不變的形式。由於每個民族的民族性由其特殊的自然環境所決定，哲學家們的任務並不是像啓蒙主義者般尋找適用於所有民族的普遍的、理性的法則，而應引導每個民族根據自身內在目的探索具有民族特色的發展之路。每個民族的發展都必須建立在自己本身的獨特稟賦和內在特性之上，而不是借用外來的各種制度，通過模仿其他民族，以扼殺本民族的民族精神、喪失本民族的先天優勢為代價來換取民族進步。因此，赫爾德一再強調，每個民族都必須按照自己的固有本性、以自身作為衡量標準和尺度去發展，如果只是一味地遵循外來發展模式，民族的真正幸福和進步必將化為虛無。

赫爾德認為個人與文化是某個民族在某個時代、某個階段的產物。因此，與「民族」相關，赫爾德提出「隸屬」的概念。由此說明個人既然是處在特定的階段、特定的民族中，那麼他只有在他從小就接觸的文化傳統中才能獲得安全感和歸屬感，如果將個人從民族的群體中抽離，他將會喪失家園感。一個人只有隸屬於民族，使用本民族的語言才能更好地認識自己、表達自己，才能獲得最大的幸福，這是人作為人最為基礎和本質的情感需要。所以，既然不能以普遍的標準評價文化的價值和優劣，赫爾德認為只有進入某一特殊的文化類型才能對它進行理解和把握。以賽亞・柏林將此方法視為「想像的移情」：「人們不應該根據另一種文化的標準來評判一種文化；不同的文明有不同的發

展模式,追尋不同的目標,體現不同的生活方式,被不同的生活態度所主導;因此,要理解它們就必須實施一種想像的『移情』,通過它們的眼睛盡可能『從內部』進入它們的本質,用古希伯來人的話說,就是成為一個『牧羊人中的牧羊人』。」①

在赫爾德這裡,「人」不再是如啟蒙運動中所宣揚的具有普遍理性的個人,在啟蒙運動對人的這一定義下,我們看到的只能是抽象的人,他是一個世界公民,不管在何時何地都保持著固定的特性。而赫爾德認為,人隸屬於他本來該待著的地方,民族是有根的。他們只能根據自己的成長環境所提供的象徵進行創造,他們與自己成長的那個社會關係密切,形成了一種獨一無二彼此會意的交流方式。如果一個人沒有這樣的幸運,在脫離了自己的根的環境裡長大,被放逐到荒島,獨自過活,他,一個流亡者,力量便會大大削弱,他的創造力也會大大降低。②

與之相對,如果民族的發展基礎是外來的,而非自身的,那就意味著割裂與文化傳統的連續性,喪失本土文化的根性,這就勢必會破壞民族本身的有機性。赫爾德由此提出了一種關於民族、社會和文化發展的新觀點,它強調差異、變動、活力,獨特性和個性亦獲得應有的肯定,它「把世界設想為一個花園,其中的每一棵樹、每一朵花,都以自己特有的姿態成長,並同環境以及它自身的個性所產生的抱負結合在一起,因而不能根據其他有機體的形式和目標加以判斷」③。

2. 現代性衝擊下的文化出路

但反觀德意志的現實,赫爾德卻無奈地發現自己的祖國並沒有按著本民族的民族精神和民族特性進行現代化建設。赫爾德痛心於德意志的現狀,認為「所有鮮活的民族思想的遺跡不斷被遺忘,所謂的啟蒙之光像癌症一樣不斷侵蝕著德意志的文化。半個世紀我們都羞於承認與祖國有關的任何事物」④。此時的德意志面臨著三重危機:

對內,民族分裂、工商業衰落、宗教衝突使得增強民族凝聚力、實現國家統一成為重中之重。「直至 18 世紀初,宗教改革、反宗教改革和 30 年戰爭使德國處於一個分裂狀態,德國飽受分裂之苦,呈現出一個分離、混亂的畫面。

---

① 以塞亞·伯林. 啟蒙的三個批評者 [M]. 馬寅卯, 鄭想, 譯. 南京: 譯林出版社, 2014: 253.
② 以塞亞·伯林. 浪漫主義的根源 [M]. 呂梁, 等譯. 南京: 譯林出版社, 2008: 62-63.
③ 以塞亞·伯林. 浪漫主義的根源 [M]. 呂梁, 等譯. 南京: 譯林出版社, 2008: 87.
④ HERDER J G. Philosophical writtings [M]. Cambridge: Cambridge University Press, 2002: 11.

工業和商業沒有統一，整個德國籠罩著宗教的仇恨。」①

對外，德意志需要對抗以英、法為代表（尤其是法國）的文化侵染、政治干涉、軍事威脅以及生活方式上的影響，打破英法的現代性發展模式，並根據德意志的自身天性走上一條自我發展之路。赫爾德看到，德意志拋棄自己的文化，轉而模仿法國，整個社會患上了一種「法國疾病」：「一個人只有和家僕說話時才會使用德語，而和社會地位相同的人說話時則會使用法語，法語被視為有教養的標誌，是對社會地位的證明，這樣一種現象竟然持續了一個多世紀。赫爾德因此不無痛心地指出，和歐洲其他民族相比，德意志民族的發展明顯遲緩了很多。」

不僅是赫爾德，約瑟夫·戈雷斯也認為，由於長期模仿外來文化，德意志喪失了其自身的民族特性，它和歐洲的其他民族都具有相似性，唯獨不是它自己。因此，德意志民族應首先學習探尋自己的民族資源。② 奧·施勒格爾也對德意志的文化狀況做出了自己的回應：隨著民間宗教被破壞，古老的長篇故事也消逝了，我們自己和祖先疏遠開來，而希臘人直到今天還在讚揚他們的古代英雄。受赫爾德精神的影響，奧·施勒格爾同樣認為詩歌中保留了民族過去的歷史遺跡，它是民族事件的保存者。

思想上，啟蒙運動所倡導的理性主義、普遍主義占據著統治地位，個人與民族被建立在純粹、抽象的基礎上；「進步」「普遍」被用作評判文化優劣的標尺，一般性、同一性、普遍性被視為是能不分時空地適用於一切人與一切事的永恆、客觀的規律和永久、正確的信念。赫爾德反對啟蒙思想中的「進步」觀念以及歷史目的論，認為這限定了個人與民族的多樣性發展；認為啟蒙中的抽象體系只是一系列空洞的文字遊戲，不能為現實提供實質性的參考，與真實歷史的豐富性、流動性相比，任何的抽象概括都是蒼白無力的，它無法為每一個歷史階段都賦予合法性與有效性。

面對德意志的三座大山，赫爾德提出，德意志只有通過尋找自己的民族性格和民族語言、尋找自己獨特的思維和生活方式，回到民族之根，才能免於在「民族他性」中徹底沉淪與毀滅。如何才能繼續祖輩們傳承下來的文化傳統和生活方式呢？赫爾德看到，由於文藝復興對外來思想的引進和介紹，德意志從中世紀晚期起就失掉了民族的真正精神，切斷了與民族傳統之間的聯繫。為了

---

① William A. 威爾森. 赫爾德：民俗學與浪漫民族主義 [J]. 馮文開, 譯. 民族文學研究, 2008（3）：171-176.

② JOSEPH GOERRES. Politische Schriften [M]. München: In Commission der Literatisch-artistischen Anstalt, 1854: 388.

唤醒民族精神，德意志必須「回到」中世紀，從傳統斷裂的地方重新開始德意志的文化。「回到」中世紀，並不是回到過去的黃金時代，而是回到民族文化和精神的源頭，借用民族輝煌的過去營造美好的明天。赫爾德不止一次地強調，每個民族特有的語言、文化、藝術、宗教、習俗和法律等都是民族特性的真實反應，只有當一個民族建立在健康的文化傳統基礎上時，它才能夠實現「人道主義」的歷史目標。因此，赫爾德試圖將「人民引導到民族的過去，回到民族情感的源頭，這樣他們就能在呼吸過去清新的空氣中振奮精神，然後邁向偉大的未來」①。在赫爾德看來，借助「自然詩」是最好的復興民族精神的途徑。

「自然詩」，根據赫爾德的定義，它不僅限於詩歌，它既指代包括民歌、民間傳說、神話等在內的民間文學；又指代「民間天才」的偉大作品，如荷馬的史詩、索福克勒斯和莎士比亞的戲劇、古代梵語文學、莪相的詩歌和《聖經》。②「自然詩」與赫爾德「民歌」概念具有相似的內涵，都是泛指一切的民間創作，他「把古代各族人民的創作、現代的民間創作以及人民容易懂的一切詩，都歸到這裡」③。赫爾德將「自然詩」與「藝術詩」對舉，認為自然詩尚未被現代文明所染指，仍舊保留著在現代詩中早已遺失的早期人類的整體經驗，體現出一種思維和情感、理性與感性相統一的人性狀況。人類早期的「自然詩」是相似的，它具有超越時空的普遍意義，它借助富於創造性的想像力最終無限接近自然本性和上帝；藝術詩是一種「反思性的詩」，它借助理性對自然進行描述，和民間文學以及生活的原初自然狀態相去甚遠。莎士比亞、荷馬以及一些民間歌手的作品中體現出「自然詩」的特徵，赫爾德在維吉爾和彌爾頓的作品中發現「藝術詩」。在赫爾德這裡，「自然詩」所具有的獨特功能和作用，使其承擔起了接續古代傳統的偉大使命。

3. 民間文學的功能與價值

為什麼在赫爾德這裡民間文學具有彌合傳統文化的斷裂、重新找回失落的民族精神的作用呢？這首先與赫爾德對文學本質的定義有關。赫爾德認為真正的文學必須是真實的、質樸的，充滿想像力與情感，具有民族性和大眾性；真正的文學必須是人民的創造，是民族藝術獨立發展的結果。「詩，特別是歌體

---

① William A. 威爾森. 赫爾德：民俗學與浪漫民族主義 [J]. 馮文開, 譯. 民族文學研究, 2008 (3).

② CHRISTA KAMENETSKY. The german folklore revival in the eighteenth century: Herder's theory of naturpoesis [J]. The Journal of Popular Culture, 1973, 6 (4): 836-848.

③ 阿·符·古留加. 赫爾德 [M]. 侯鴻勛, 譯. 上海：上海人民出版社, 1985: 175.

诗，从一开始就是大众的，也就是说，它是轻快的、简单的、从对象出发的、用的是大众的语言。」① 只是进入文明社会后，尤其是其他民族文化的入侵，德国人开始失去对本民族的、自然的文化传统的兴趣，真正的文学的特质就此逐渐消失。在《一封关于奥西恩和古代人歌谣的信礼节选》一文中，赫尔德指出，曾经，诗歌是人类灵魂的女儿，生动活泼且能进行自我确证，遗憾的是，如今诗歌却成为我们之间最不稳定与不确定的存在。在同一篇文章中，赫尔德继续写道，只有当一个民族是生动活泼的，无拘无束的，才能产生出真正意义上的文学，一个民族越是鲜活和自由，那么，它的诗歌也就越是充满激情。

但遗憾的是，民间文学被一些批评家轻蔑地标记为「野蛮的」。赫尔德却为荷马辩护，为民间文学争取一席之地。赫尔德看到，很多批评家指责荷马缺乏教养，不具备良好的审美教养和道德自觉，他的史诗也只不过是对特洛伊战争所做的粗陋的历史记录而已。赫尔德针锋相对，指出荷马史诗的重点并不是还原战争场景，而是表现战争中的人性。并用讽刺的笔调写下：野蛮民族的野蛮诗歌！野蛮的诗歌与神话故事就像是一个民族的「原汤」：我们能指望它们为民族增添荣光吗？能指望它们塑造和促进人类精神吗？或是指望它具有其他值得笔墨书写的意义吗？

赫尔德举例说，在英国，正是继承了遗留下来的带有民族性的大众文化，才会产生像莎士比亚这样杰出的大师。但是在赫尔德的时代，莎士比亚一直被视为一个不遵从艺术规则的野蛮人。赫尔德在推崇莎士比亚戏剧人民性和大众性的同时，认为首先必须将莎士比亚从种种偏见中解放出来。根据赫尔德的「民族」和「归属」观念，文学必须产生于特定的时间和空间。赫尔德巧妙地把时间关系转换为空间关系，指出莎士比亚所在的英国和赫尔德所在的德国同属于北欧，而希腊则在欧洲南部，希腊的古典文化只能在南方独一无二的气候、地理条件下才能产生。因此，赫尔德提出：比起古希腊，我离莎士比亚更近。「在希腊，戏剧不能像在北方一样产生，在希腊，它变成不能在北方成为的样子，因此它不是也不可能是在希腊时的样子。……谁还能想出一个在那个时代比莎士比亚更伟大的北欧诗人呢？」② 莎士比亚再现人类的整体经验，再现人类活生生的生命力，使用真正的民间语言进行创作，创造性地借用民族遗产，是真正的「民间诗人」，是真正的「自然之子」。

---

① 余匡复. 德国文学史 [M]. 上海：上海外语教育出版社，2013：80.
② HERDER J G. Philosophical writings [M]. Cambridge: Cambridge University Press, 2002: 12.

反觀德國，除了克洛卜施托克，赫爾德沒有找到在現代能作為民間文學代表的詩人，最初的德意志文學具有真正文學的特質，現代文學卻遺忘了文學應有的民族形式和民族內容。於是，赫爾德轉向德國農民，希望在他們身上找尋仍在民間進行口頭傳唱的詩歌；轉向莪相和古代神話，希望從中繼承祖輩的優良傳統。「古代民族、和古代語言一樣，在赫爾德看來總體上都比現代國家和現代語言更具活力、更加健康，因為它們仍然包含著一些孩子式的特點：很強的洞察力、具體的感知、即時的表達、思維與感覺的和諧。」① 因此，對古代「自然詩」和民間文學的強調一方面是希望借此培育出現代詩的良好趣味，另一方面是在吸收古代「生命」資源的基礎上促進現代新生命的萌芽和生長。所以，對於赫爾德而言，擺在德意志人民面前的首要任務，就是必須通過對民間文學的強調而重新回到民族的源頭，來重塑日漸消逝的民族本性。

　　赫爾德如此看重民間文學，還在於民間文學最大程度地保留了民族語言的原生形態。赫爾德在《論語言的起源》中強調，根據環境、表達方式的不同，語言在每一個民族、每一個群體，甚至每一個個人身上都具有不可重複的特徵。不僅是發音方式、表達方式，還有基本詞彙的運用都會根據人的生活方式的不同而展現出完全不同的特徵，從而形成具有獨特民族精神和性格的民族語言。各民族的語言雖各有差異，但並不彼此孤立，更不會因此造成民族間相互理解和交流的障礙。人類的所有語言同時緊密聯繫起來，構成一個統一的整體：「從各方面看，人類都是一個發展著的整體，他們有一個共同的源頭，形成一個大家庭。所有各種語言，以及人類發展之鏈的整體也是這樣。」② 只有在學習本民族語言的基礎上，才能最好地表達我們的思想與性格，也只有在發展本民族語言和文化的基礎上才能對整個文化的繁榮做出貢獻。赫爾德因此鼓勵各族人民通過發展自己的民族語言和文化來恢復自覺的民族意識。如前面所提及的，在赫爾德的「民族」概念中，共同的語言是最典型的特徵，他認為：一個民族……沒有什麼是比父輩的語言更具有價值的。在民族語言中，儲存著傳統的整個精神財富、歷史、宗教、生活原則以及所有的心思和靈魂。削弱民族語言或是貶低它，就是削弱從父輩那裡繼承來的不朽靈魂。③ 而在德意志，民族語言被貶低，外來語的強勢入侵正改變著德語的本來面目。德國文學和德

---

① 餘匡復. 德國文學史 [M]. 上海：上海外語教育出版社，2013：79.
② 赫爾德. 反純粹理性——論宗教、語言和歷史文選 [M]. 張曉梅，譯. 北京：商務印書館，2010：56.
③ HERDER J G. Philosophical writings [M]. Cambridge：Cambridge University Press，2002：12.

國民族因為不再保持傳統特色而逐漸喪失活力。只有在民間文學中還保留著民族語言最完美的形式，因此民間文學為希望在原始語言中尋找真正民族源頭的人們提供了靈感。

赫爾德將民間文學視為民族的活檔案，它既記錄了民族過去的輝煌，反應了其所在時代和社會的文化形態，又是民族情感的最佳表達，表述了人民對民族的愛憎和希望。根據威爾森在《赫爾德：民俗學與浪漫民族主義》中的觀點，赫爾德受維科思想的影響，認為民間文學是解釋歷史的，並且是能夠為解釋過去提供資料的有效途徑。維科將神話等同於歷史，認為最初的詩人是用隱喻性的語言進行寫作的歷史學家。運用維科的理論，「赫爾德認為德國人能通過民間文學來瞭解民族的過去。在民間文學的研究中，我們能夠深刻地瞭解那些時代和人民，這要比沿著政治史和軍事史那欺人、荒蕪的小道要有效得多。從後者那裡，我們只能看到人民如何被統治、他們如何放任自己被屠殺；在前者那裡（民歌），我們能夠瞭解他們如何思考，他們希望什麼，追求什麼，他們體味著哪些快樂」①。

4. 赫爾德對民歌的收集、整理及影響

為了抵禦德意志民族對民族根性的「遺忘症」，為了尋找父輩遺留的傳統，赫爾德最終走向了莪相的詩歌。由於沒有區分蓋爾語和日耳曼語、蓋爾語文化遺產和日耳曼文化遺產，赫爾德在二者之間看到了靈魂的相似性，並將莪相詩歌看作古日耳曼民族的民族史詩，其中表現出了德意志民族古老的民族精神：「莪相的詩歌：未經教化的詩歌，古代北歐吟唱詩人的詩歌，羅曼語詩，普羅旺斯的詩——所有這些都能夠促使我們走上一條更好的道路，只要我們願意感知它們，而不僅僅是從形式、語言上去瞭解它們。不幸的是，我們常首先考慮這些因素，然後就停止，結果是這些詩歌只等同於這些因素。是我誤解了，還是果真如此：我們擁有的或我們曾經擁有過的最美的德意志抒情詩反應了陽剛的、堅強的、堅定的德意志精神或至少接近於此？」② 赫爾德為能在過去的文學中找到德意志本民族的形象而自豪，且這是一部能與荷馬、莎士比亞等的作品媲美的獨一無二的民族史詩，因為有了它，曾經生活於歐洲北部的日耳曼祖先再也不能被貶為是「野蠻的」「沒有教養的」，因此赫爾德對莪相詩歌的青睞才更甚於對其他民間文學的青睞，這也是赫爾德進行民間文學研究的

---

① 赫爾德. 反純粹理性——論宗教、語言和歷史文選 [M]. 張曉梅, 譯. 北京：商務印書館, 2010：83.

② HERDER J G. Auszug aus einem Briefwechsel über Ossian und die Lieder alter Völker [M]. Paderborn：F. Schönigh, 1946：168.

契機。

　　在赫爾德這裡，既然作為真正文學代表的民間文學具有保存民族語言、記錄民族歷史的獨特價值和功能，因此他不僅號召德意志同胞們積極投入到收集和出版民歌（民間文學）的運動中，在理論上提倡民歌，還身體力行地收集和整理了德國和歐洲其他民族幸存的民間詩歌。1778 年赫爾德出版《民歌集》，1807 年再版時易名為《民歌中各民族人民的聲音》，其中收錄了包括格陵蘭、拉脫維亞、拉普蘭、義大利、德國、英國、西班牙、立陶宛、法國、希臘、秘魯、波西米亞、丹麥、瑞士等的民歌，赫爾德還將莪相、克勞狄烏斯、歌德以及自己的詩作、莎士比亞著作中的某些片段收錄其中。赫爾德對民歌的收集範圍如此廣泛，並不限於民間流行的詩歌（還包括職業作家的創作）、不限於一個民族之內，這不僅體現了他對本民族文學傳統的重視，同時也表達了他對其他民族文化傳統的尊重。因此，不管是本民族的文學還是其他民族的文學，只要具備大眾性、人民性，則都在赫爾德的搜羅範圍之中。

　　赫爾德對德國民間文學的收集整理工作首先由浪漫派作家繼承。如梅林所言，赫爾德對民間創作的重視和收集在德國文學史上佔有重要的地位，如果沒有赫爾德的民歌集，就不會產生浪漫派名為《兒童的奇異號角》的民歌集。也正是借著這股東風，曾經不登大雅之堂的民間文學受到文學界的重視。雅克布·格林曾描述這一逐漸高漲的民歌搜集運動：在我們的時代，人們對民歌極度熱愛，並且同樣關注尚存於農民中的被遺忘於某處的傳說和民間故事，它同樣激發了對尚存於農民中的被遺忘於某處的傳說、民間故事的關注。歷史和詩歌中本性的逐漸實現在最後關頭激起了人們將其從遺忘中拯救出來的慾望，這在之前是被忽視的。

　　德意志民族精神的復興、民族的統一需要借助於民間文學。赫爾德播種下的文化民族主義的種子在其對民間文學價值的喚醒中開花結果。人們在德意志最初的詩歌中看到了關於理想民族的想像，通過熱情讚頌過去民族的偉大與高貴，屬於過去時代的傳說、神話、習俗等得到大規模的收集和研究。民族精神就此逐漸被復興，喚起了德意志人民對本民族的熱愛和尊敬，並使後者不斷意識到個人必須擁有強烈的民族責任感，把根深扎於民族內部才能獲得自身的成長，民族才能獲得獨立與統一。

四、從認識論美學到生存論美學

　　主、客之間彼此對立、主體能對作為客體一方的對象進行純客觀的研究是17、18世紀盛行的理性主義科學思維方式所追求的基本原則。按照這一主客對峙的二元模式，對「美是什麼」這一問題的回答也就衍化為「美是客觀的」還是「美是主觀的」，從而分化為「美是事物的客觀屬性」一派與「美是主觀感受」一派，前者致力於從形式方面建構關於美的普遍原則和標準，後者從心理學、生理學角度將美視為主體的內在感知。前者攻擊後者只會陷入美的相對主義和主觀主義，後者嘲諷前者強調理性、客觀性而無法深入美的本質。不管是17世紀的法國古典主義，還是以鮑姆嘉通和萊布尼茨為代表的理性主義美學、以洛克為代表的經驗主義美學，可以說都是以主客二元論為基礎模式的哲學認識論在文學藝術中的延伸，是基礎主義哲學觀在美學上的產物。在認識論框架中，美和藝術或者被設定為只是認識絕對真理的輔助手段，如此一來，哲學在藝術終結之後成為唯一的認知工具便是合理的；美和藝術或因被視為是一種關於主觀情感的心理學研究而被排擠出哲學體系。在以理性主義為根基的形而上哲學體系中，美和藝術，連同想像、情感等非理性因素，都不可避免地被邊緣化。

　　因此反對以理性主義為基礎的哲學認識論對美學、人生、社會、宇宙問題進行詮釋，真正實現感性個體和社會的審美解放成為了德國古今之爭思想家們的共同理論述求。渴望以人性啟蒙代替理性啟蒙，以審美現代性彌補理性現代性使他們最終轉向詩。席勒提出「活的形象」，開啟了以人性為基礎的生存論美學轉向，並在古典式人本主義精神中尋求克服現代政治危機的傳統資源；赫爾德在傳統文化中尋找德意志民族喪失的根性，民族文化成為社會和民族轉型的重要理論資源；施勒格爾徹底顛覆了理性主義的哲學根基，美被賦予了改良人生與社會的同一性功能。衍化為認識論美學與生存論美學之爭的古今之爭為德國思想史奠定下弘揚生命、張揚人性、重視感性經驗、審美教育的浪漫主義哲思傳統。

　　1. 游戲衝動與活的形象

　　在席勒看來，人的天性中有兩種既對立又互補的衝動——感性衝動與形式衝動（理性衝動）。感性衝動來自人的肉體存在或感性本能，它要求變化，受現實原則的制約追求物質性、自然性，它的對象是廣義的現實生活。形式衝動

來自人的理性，它的對象是「本義的和轉義的形象」，它要求必然性、永恆性、普遍性，為認識提供判斷的法則，為行動提供意志的法則。兩種衝動對人各有限制與意義，只強調一方而忽略另一方都不符合人的天性，因此應該在需求與法則這二者之間尋找一個恰到好處的中間位置，既能使人的感性天性得到最大程度的發揮，又能促進人的理性天性充分發展。而這個中間位置就是由感性衝動與理性衝動結合而成的第三種形式——游戲衝動，它「揚棄偶然性，因而把形式帶進質料之中，並把實在帶進形式之中。當它適度地取消了感覺和激情的那種強有力的影響，它就會使它們與理性的觀念相一致，而當它適度地取消了理性法則的那種道德的強制，它就會使它與感性的興趣相調和」①。這便是游戲衝動，使實在與形式、偶然與必然、被動與自由、感性與理性實現了統一，既呈現了美，也實現了人性的完滿。因為游戲衝動的對象正是「活的形象」，是在最廣義上被稱為美的那種東西，因而，「美」就是活的形象。

2.「活的形象」理論溯源

何為「活的形象」?「活的形象」美學又是一種怎樣的美學呢? 在回答這個問題之前，首先要考查的是，在席勒這裡，感性衝動與形式衝動所分別代表的經驗美學與形式美學的特徵。席勒在《審美教育書簡》第十五封信中寫道:「美作為人性的完滿實現，既不可能是絕對純粹的生活，就像那些敏銳的觀察家所主張的那樣（時代的趣味很樂於把美降低到這種地步），他們過於死板地依靠經驗的證據；也不可能是絕對純粹的形象，就像抽象推理的哲人和進行哲學思考的藝術家所判斷的那樣，他們中的前者過於脫離經驗，後者在解釋美時過於被藝術的需要所指引。」② 在註釋中，席勒進一步解釋:「伯克在他的《對崇高觀念和優美觀念之起源的哲學探究》中把美當做純粹的生活。而據我所知，教條派的所有信徒們又把美當做純粹的形象，他們對這個對象各自表白了自己的信條，藝術家拉斐爾·門各斯在他的《關於繪畫中趣味的斷想》中就是這麼做的，至於其他人就不必提了。所以像在一切領域一樣，批判哲學在這個領域也為經驗回到原則、抽象推理回到經驗開闢了道路。」③ 從席勒的解釋中，我們能得出如下結論：第一，「活的形象」美學有其理論來源，即經驗美學和理性美學。第二，康德哲學開始了促進經驗主義和理性主義相結合的美學任務，而席勒用游戲衝動和「活的形象」繼續推動二者的結合。現分別論述形式美學和經驗美學的特徵，以及席勒在何種程度上完成了二者的統一。

---

① 席勒. 席勒美學文集 [M]. 張玉能, 編譯. 北京: 人民出版社, 2011: 256.
② 席勒. 審美教育書簡 [M]. 馮至, 範大燦, 譯. 上海: 上海人民出版社, 2003: 120.
③ 席勒. 審美教育書簡 [M]. 馮至, 範大燦, 譯. 上海: 上海人民出版社, 2003: 120.

「在康德與席勒之前，德國藝術與美學理論很大程度上被理性主義所限制，理性主義將美視為知識的一種較低形式，而不是主觀經驗。席勒被文學史家認為是第一個反叛者：從古典藝術理論（開始關注作品的形式原則）轉到將藝術視為活動和過程的更具表現力的藝術理論。」[1] 18世紀自然科學的巨大成功使科學方法和科學觀念成為人類認識世界的唯一具有真理性和普遍性的方法，而美學正是在科學給定的新的觀看世界的方式中誕生於18世紀中葉。自然科學的成就在某種程度上極大地促進了美學的認識論轉向，美作為一種認識真理的方式而被發現，但與理性相比，美始終只能是較低一級的認識真理的方式：「我們的全部知識或者是清晰的、理性的、有哲理的，或者是模糊的、感性的。理性學說是研究前者的，而美學則是研究後者的，因為美學是與感性知識相聯繫，正如理性學說是與理性知識相聯繫一樣。這樣人們可以稱美學是低級認識能力的邏輯學。」[2]

鮑姆嘉通在建立美學之時就將美定義為一種低級認識論、一門感性認識的科學。蘇爾策認為美學理論必須建立在感性的也即是模糊的認識之上。對於這些被席勒稱為完善論者的理性主義美學家來說，「美學是一種低級的、感性的、模糊的、混亂的認識」是其美學理論的基本前提。而如何將美學建立為一門科學、如何對感性認識進行完善則成為他們首先需要解決的難題。感性認識、經驗內容是雜多的，而採用類似理性的方式從形式上對這些雜多進行統一和整理，使雜多趨於一致並表現出完善性，就構成了完善論者意義上的美。如鮑姆嘉通就主張「完善即是美」：越是雜多混亂、越是統一，感性認識就越完善、越美。門德爾松同樣認為完善的感性認識就是美。

因此，對於什麼是美，這些形式的、理性主義的完善論者達成了一致：美來自一種完善的形式，來自一種經得起理性考驗的客觀性。他們看到，關於美的體驗和判斷會根據個人感覺經驗的不同而不同，在一個人這裡是美的，在另一個人那裡也許並不美。而這兩種判斷在理性主義者看來必定是一真一假，否則就違反了矛盾律，他們堅決否認事物美醜、真假並存的觀點。為了區別關於美的真假判斷，他們建立了審美判斷的真實的、客觀的標準：如果從主體的直接經驗出發只能得出一種「虛假的美」，那麼造成審美判斷的混亂自然不可避免，真正的美只能存在於事物的客觀方面。正如高特舍特所言：「一件藝術作品的美不是建立在空洞自負的基礎上，而是這種美在事物性質方面具有堅實且

---

[1] JULIET SYCHRAVA. Schiller to Derrida: idealism in aesthetics [M]. Cambridge: Cambridge University Press, 1990: 12.

[2] 維塞爾. 席勒美學的哲學背景 [M]. 毛萍, 等譯. 北京: 華夏出版社, 2010: 59-60.

必不可少的基礎。」①

席勒將伯克作為經驗美學的代表,並將經驗美學與一種感性衝動的對象相提並論。英國經驗主義主張知識從感覺經驗開始,它對大陸理性主義美學的影響在於為美在理性的獨斷中開闢了一條注重主觀感覺、想像和審美趣味的發展之路。從理性主義對事物形式上的解釋到對事物的感性、多樣性的富有情感的認識是經驗主義對18世紀思想變革的重大理論貢獻之一。以伯克為例,他認為並不存在一種關於美的客觀的、確切的理論,用理性主義方法定義美和研究美根本不能解釋有關美的任何東西。抽象的理性既不能深入人的感性的、特殊的生活,更無法理解審美經驗,根據理性來規定的形式、分寸、適當、均衡因此不是美的來源。

在經驗主義美學家這裡,美不是理性的活動,它涉及想像力和直接感覺。美在本質上是一種主觀感覺,而非客觀性質。審美主體在審美活動中具有的快感和痛感是構成關於美或醜的審美判斷的兩個最基本的成分。如休謨在《論懷疑派》中論到「美」時,認為美並不在圓形本身上,而是圓形在人身上產生的主觀情感效果。又如霍姆在討論關於美的花園的審美經驗時所說:當我把注意力從花園轉到穿過我心靈的東西時,我有一種快樂的感覺,花園是這種快感的原因,這裡的快感不是作為花園的特性被感覺到,而是作為由花園所產生的感情特性被感覺到的……快感和痛感是我們所感覺到的情感的特性……它們好像存在於我們自身。②

可以說,直到1781年《純粹理性批判》出版,審美才作為一種判斷形式與人的認識能力和實踐理性分屬不同的領域且具有同等的理論意義。這源自康德對認識主體與認識對象之間的關係所做出的改變。「向來人們都認為,我們的一切知識都必須依照對象;但是在這個假定下,想要通過先天地構成有關這些對象的東西以擴展我們的知識的一切嘗試,都失敗了。因此我們不妨試試,當我們假定對象必須依照我們的知識時,我們在形而上學的任務中是否會有更好的進展。」③康德的「哥白尼革命」,即從客觀事物的存在轉向對客觀事物的判斷的關注,為作為一種審美判斷的美學之地位的提升提供了契機:康德的革命「基於這一觀念,即迄今為止被普遍接受的認知與客體之間的關係被完全翻轉了。不是眾所周知地從客體出發,我們必須從認知原則出發,這些認知原則本身是可以理解的,且是非常重要的;不是定義存在的普遍特徵,如存在論

---

① 維塞爾. 席勒美學的哲學背景 [M]. 毛萍, 等譯. 北京:華夏出版社, 2010:30.
② 維塞爾. 席勒美學的哲學背景 [M]. 毛萍, 等譯. 北京:華夏出版社, 2010:127.
③ 康德. 純粹理性批判 [M]. 鄧曉芒, 譯. 北京:人民文學出版社, 2004:15.

中的形而上學，我們必須通過理性的分析來確定判斷力的基本形式」①。長久以來，真正的美學必須要具有客觀的基礎這一信條嚴重削弱了感性知識或審美判斷的有效性和可靠性，但康德的理論為美學作為一門獨立的哲學學科奠定了基礎。

18 世紀晚期，理性主義和經驗主義在德意志範圍內互相競爭，雙方都沒有取得絕對優勢地位。康德因此同時對二者進行批判，並在試圖對二者進行更高層次調和的基礎上完善自己的先驗美學。康德對經驗派美學的批判在於：經驗派美學僅從生理學、心理學的觀點來談美，只注意到美的感性層面，將美視為客體對人的生理感官刺激，將美與快感等同起來必將損害審美判斷的純粹性。批判的同時，在康德這裡，經驗美學也構成了審美判斷的一個主要原則：審美判斷只能是主觀的，主體情感是其判斷的內容和「客體」，它涉及的是對表象的愉快或不愉快的感情。但是在另一點上康德背離了經驗主義，吸收了理性主義美學的某些內核，即我們可以為美找到「先天原則」，這樣的話個人的審美判斷也能成為普遍的。但是，「康德依舊把主觀思維與客觀事物之間的對立以及意志的抽象的普遍性與意志的感性的特殊性之間的對立看成固定不變的，所以他把道德方面的對立推演到極尖銳的程度」②。這一點後來遭到哲學家的不斷詬病，席勒對此亦表示出強烈的不滿，並從自身理論出發尋求更完美的調和方式。

3.「活的形象」理論意義

席勒在《論美書簡》中敘述了盛行於 18 世紀的解釋美的以上三種方式，以及自己的美學理論和這三種方式的關係：「指出我的理論可能是解釋美的第四種方式無疑是有趣的。人們或者客觀地解釋美或者主觀地解釋美；並且，或感性-主觀地解釋美（如博克等），或主觀-理性地解釋美（如康德），或理性-客觀地解釋美（如鮑姆加登、門德爾松及其他『美在完善論』的擁護者），最後，或感性-客觀地解釋美——當然這還是個你暫時不可能想到的術語，除非你把三種其他方式彼此比較一下。上述這些理論中的每一種自身都有經驗的部分，顯然也包含著真理的部分；似乎錯誤可能就在於，把與該理論相符合的那種美的部分當做了整體的美本身。」③

---

① ERNST CASSIRER. The philosophy of symbolic forms [M]. New Haven and London: Yale University Press, 1955: 78.

② 黑格爾. 美學（第一卷）[M]. 朱光潛, 譯. 北京: 商務印書館, 1996: 70.

③ 席勒. 秀美與尊嚴——席勒藝術和美學文集 [M]. 張玉能, 譯. 北京: 文化藝術出版社, 1996: 35-36.

席勒認為，以前的關於美的三種理論都是片面的，只包含有部分真理。雖然以博克為代表的經驗美學將美視為審美主體在主觀方面的關於快感或痛苦的表現、主張美的直接性而不依賴於概念是正確的，但將美僅限於主觀方面、限於具有特殊性的感性方面則無法確定任何有關美的普遍性與必然性的東西。完善論者認為美在客觀是正確的，但他們試圖用理性來解釋一切審美現象則是片面的，甚至是錯誤的。席勒對康德美學的討論更為複雜，席勒注意到康德在主觀範圍中討論美，主觀本身因具有先天原則和理性結構而使美獲得了普遍性，但席勒認為持這種觀點的康德在主觀性方面走得太遠。康德雖然在哲學和美學中看到了主體與客體、感性與理性之間的種種矛盾，但囿於主觀性，始終不能將辯證思想貫徹到底，也不能從根本上解決這些矛盾。席勒對「素樸的詩」的想法從某種意義上就是旨在抵消康德對主觀性的過度強調而做出的努力。在寫給克爾納的信中，席勒提到，我認為我已經發現了美的客觀理想，其自身作為審美趣味建之於上的客觀原則是存在的，它是康德絞盡腦汁都沒能想到的。① 根據席勒的意見，康德僅僅將形式作為純粹審美判斷的本質，這雖然能區分審美的東西和邏輯的東西，但仍然沒有完全弄清美的概念。

關於席勒對康德的一系列反叛，迪特·亨利希在《美與自由》中做過詳細解釋：

顯而易見的是，席勒所論述的康德美學和康德自己的出發點很不一樣。知識何以可能的先驗理論這一問題沒有實質的重要意義。席勒從哲學上關注人性及其感性與理性的二分，人類行為的道德標準及其完善的可能性……比起僅僅將美視為一種認知活動，美具有了更為基礎的意義……美的可能性潛藏在人最內在的本質中，潛藏在他的活躍的、自我實現的本質中。②

亨利希認為，席勒與康德美學的最大分歧在於席勒對美的客觀性的強調：

席勒正確地認識到，在適當感官中的審美愉悅沉浸在客體中，審美意識完全被客體所消耗，雖然這是主觀的……但是主體的這一行為並不表現為主觀的，而是一種客觀化的行為在這個所謂的想像力的游戲中起作用。它的游戲不再是主體與客體的直覺之間的游戲，而是在這個行為中，主體完全在客體中

---

① FRIEDRICH SCHILLER, CHRISTIAN GOTTFRIED KÖRNER. Correspondence of Schiller with Körner: Comprising Sketches and Anecdotes of Goethe, the Schlegels, Wielands, and Other Contemporaries [M]. London: R. Bentley, 1949: 214.

② TED COHEN, PAUL GUYER. Essays in Kant's aesthetics [M]. Chicago: Chicago University Press, 1982: 237.

游戲。①

　　從這兩段話中至少能分析出兩層含義。第一，按照席勒自己的意見，他認為美是感性-客觀的，美是一種「形式的形式」，是把理性主義的形式美學、經驗主義的感性、生活美學和康德的批判美學相結合的一種以活的形象為對象的綜合關照。席勒否認單獨的審美經驗或形式原則能建立一門完整的美學理論，唯有活的形象能保障感覺的鮮活性和原則的清晰性。從美學意義上講，「活的形象」或「形式的形式」意味著美在一種不受外部力量所阻且具有流動的、自由的內在生命力的形式中反應出來，最能揭示活的形象的本質的是飛行的鳥：「飛行中的鳥是由形式徵服素材、由力克服重量的最恰當的表現；說明這一點很重要，徵服重量的能力往往用作自由的象徵。」②

　　第二，美學理論也是一種人性理論，活的形象是人性豐富的集中體現：「一個人，儘管他活著，也有形象，但並不因此就始終是活的形象。要成為活的形象，就需要他的形象就是生命，而他的生命就是形象。在我們僅僅思考他的形象時，它的形象是無生命思維，僅僅是純粹的抽象；在我們僅僅感覺他的生命時，他的生命是無形象的，僅僅是純粹的印象。只有當他的形式在我們的感覺裡活著，而他的生命在我們的知性中取得形式時，他才是活的形象。」③「活的形象」將人的形象與生命、理性與感性整合起來，使感性服從於理性的形式又不喪失其多樣性、生命性。「活的形象」首先實現了感性個體的審美化生成與建構。而人的詩意化、審美化又是世界詩意化、審美化的基礎和前提。由此，詩被擺放到中心位置，成為現實人性和現實世界的樣板和依據，成為融合一切矛盾和差異的仲介。

　　哈貝馬斯在席勒的審美之境中發現了「交往理性」和「主體間性」的萌芽，認為席勒用藝術取代宗教，使其發揮同一性作用來彌合現代性的普遍分裂。作為一種「仲介形式」的藝術的確在理論上能為世界帶來和諧與整一，一切其他的表象形式都會分裂社會，因為它們不是完全和個別成員的私人感受發生關係，就是完全和個別成員的私人本領發生關係，因而也就同人與人之間的差別發生關係，惟獨美的仲介能夠使社會統一起來，因為它同所有成員的共

---

　　① TED COHEN, PAUL GUYER. Essays in Kant's aesthetics [M]. Chicago：Chicago University Press，1982：246-247.
　　② 席勒. 秀美與尊嚴——席勒藝術和美學文集 [M]. 張玉能，譯. 北京：文化藝術出版社，1996：83.
　　③ 席勒. 席勒美學文集 [M]. 張玉能，編譯. 北京：人民出版社，2011：256.

同點發生關係。① 但哈貝馬斯同時質疑席勒審美革命的非現實性：席勒「堅持純粹假象的自律，他同時也期望審美假象所帶來的愉悅能導致整個感覺方式的徹底變革。但是，只要缺少現實的支持，假象就永遠是一種純粹的審美假象」②。

　　需要說明的是，席勒「活的形象」美學的最大理論意義，並不在於能為客觀世界的變革提供現實的理論指導，而在於，從形而上學認識論對人生意義的機械式闡釋中恢復了屬於人的生存價值。在 18 世紀的美學理論中，席勒構成了關鍵性的轉折點，此後的哲學無不強調想像、直覺等個體情感因素的重要性。詩逐漸在哲學中具有絕對的地位，如謝林就主張「理性的最高方式是審美的方式……哲學家必須像詩人那樣具有更多的審美的力量。……沒有審美感，人根本無法成為富有精神的人，也根本無法充滿人的精神去談論歷史」③。

　　從這個意義上講，比起康德，席勒的美學理論可能更具有前瞻性，並指明了未來的發展方向。如克羅納在《從康德到黑格爾》中就主張席勒因為使美成為哲學研究的中心問題而影響了美學，甚至是德國觀念論的發展。克羅納將席勒看成是從康德到黑格爾的仲介，而貫穿這條線索的是在不脫離感性的條件下尋求感性與理性的統一。維塞爾認為席勒的重要性在於，他試圖用美學的範疇來解決康德式的二元論，在他的影響下德國哲學家們開始建立起關於美的形而上學，席勒因此促發了將美作為一種世界本體的哲學運動。黑格爾也承認席勒的理論價值：「席勒的大功勞就在於克服了康德所瞭解的思想的主觀性與抽象性，敢於設法超越這些局限，在思想上把統一與和解作為真實來瞭解，並且在藝術裡實現這種統一與和解。」④ 黑格爾正是將席勒哲學和美學放在近代哲

---

① 於爾根·哈貝馬斯. 現代性的哲學話語 [M]. 曹衛東, 譯. 南京: 譯林出版社, 2011: 56.
② 於爾根·哈貝馬斯. 現代性的哲學話語 [M]. 曹衛東, 譯. 南京: 譯林出版社, 2011: 58.
③ 謝林. 藝術哲學 [M]. 魏慶徵, 譯. 北京: 中國社會出版社, 1997: 23.
④ 黑格爾. 美學（第一卷）[M]. 朱光潛, 譯. 北京: 商務印書館, 1996: 76. 黑格爾在席勒的基礎上指出了康德哲學和美學的不足: 第一，黑格爾認為康德的認識論具有二元論傾向，一方面強調主觀認識的能動性，強調主體在認識過程中具有的先驗理性和知性形式；另一方面又強調需要由現象界提供對象刺激，由主體的認識形式對其進行加工整理。第二，黑格爾認為康德的倫理學也未能克服意志的抽象普遍性和感性特殊性之間的對立，理性的最高道德律令與個別慾望之間的對立，道德律令的普遍性正是在與個人慾望的特殊性的對立、衝突中，在對後者的克制、壓抑中才體現出來。因此，黑格爾批判康德的倫理學未能調解這種對立反而加劇了這種對立。第三，黑格爾認為理論理性和實踐理性雖然在康德那裡被說成是同一理性的不同應用，但實際上是被分割的，對立的。雖然康德在尋求矛盾的和解上作出了巨大的努力，但並未從本質上科學地闡明這些矛盾的解決，也未能真正為解決這些矛盾提出現實的方案。

學尋求思維與存在、普遍與特殊、自由與必然、主觀與客觀等矛盾、對立與統一的過程中來考查，由此便發現了康德哲學與美學的局限性以及席勒思想的前瞻性。與席勒同時代的豪澤也指出了席勒美學對後世的影響：「藝術作品的和諧結構從美學領域擴大到整個宇宙，一件藝術作品被歸因於宇宙的創造者……『美是自然的隱密力量的顯現』甚至被歌德所認可，浪漫主義運動的整個自然哲學都圍繞這一點而得以發展。美學成為形而上學的基礎學科和有機部分。」①

可以看到，在德國古今之爭思想家這裡，美被賦予了同一性的綜合功能。「美」再也不止於美學理論或藝術哲學，而是關乎人的詩意生存、社會的統一與和諧，詩甚至被賦予哲學本體的地位。詩與人生的合一、詩與哲學的合一成為他們解決有限與無限、經驗與超驗、文明與人性等普遍分裂的最終途徑。在理智盛行的 18 世紀，主客二分的理性主義模式主宰著人們的思維方式，雖然康德意識到以美為仲介來溝通理論理性與實踐理性，但這種「仲介」仍止於抽象領域。直到席勒才奠定下詩作為「絕對仲介」的調子：在詩的精神中，感性衝動與理性衝動、手段與目的等所有的對立和差異都消弭了。「以美求同」的趨向在赫爾德對培養審美趣味的重要性的強調中，在施勒格爾對「綜合就是美」的主張中逐漸深化。美至此不僅成為哲學的中心（以美為中心的哲學跳出了傳統認識論的主客對峙模式，成為關注生命、情感的審美哲學），更承擔起了促進社會現代化轉型的政治使命。

---

① ARNOLD HAUSER. Rococo, classicism and romanticism [M]. London: Routledge, 1999: 108.

第四章　德國古今之爭的實質

德國古今之爭表現出一種現代的時間意識與歷史意識，有效地消除了古與今之間的尖銳對立，解決了繼承與創新、歷史與傳承、個人與傳統、共性與個性等之間的矛盾，開啓了從美學領域到社會領域的現代性自身確證過程，並且觸發了作爲一種思想潮流的保守主義的產生。

一、一種現代時間意識

古今之爭最主要發生在文學和歷史兩個領域，它不僅涉及文學領域中如何評價古代作家作品的問題，而且對過去和現在之關係進行深入探討，彰顯出極具現代性的時間意識和歷史意識。要理解德國古今之爭思想家們所具有的辯證歷史觀和現代時間意識，首先得簡要厘清傳統意義上人們如何看待時間的問題。

大體上看，傳統意義上有關「時間」的思想主要體現出兩種特徵。第一，「現在」只是人類整體發展過程中的某個階段，是人類爲達到終極目標所必然要借助的臺階。在終極的「善」的目標上，「現在」的價值幾乎是被忽略的，而「無論是對『過去』還是對『將來』的關注，都無法揭示『現在』的意義。」[1] 以「永恆」之名抹殺「現在」是傳統時間觀的本質特徵之一。柏拉圖的哲學思想代表了這種對時間的傳統看法，他用「理式」指代一個更爲永恆的世界，而人類生存的世界以及人類生活的「當下」則是對這樣一個存在於時間發展序列之外的彼岸世界的仿效，是達到這個更爲抽象的原型世界的手段。柏拉圖的哲學奠定了這樣一種形而上的思維模式：把虛構的理念世界實在化，把現實的生命虛無化。現在的世界可能是虛假的、無意義的，永恆的模型

---

[1] 西爾維婭·阿加辛斯基. 時間的擺渡者：現代與懷舊 [M]. 吳雲鳳, 譯. 北京：中信出版社, 2003: 2.

反而不朽，生命和現時本身被當做了通往其他更高存在的路徑。「現代這個概念要表述的意思就是『現在這個時代』，亦即當前的、當下的時代。」① 因此，「現在」在現代的時間意識中享有崇高的地位，對當下的生活和時代的體驗與反思是現代時間意識的核心內容，而這在傳統社會對彼岸世界的勾勒中早已喪失了生成的可能性。

第二，歷史不是不可逆的，而是在整體上構成一種循環。這在古希臘神話和中世紀的宗教思想中最為典型。古希臘神話中記載，人類在經歷黃金時代、白銀時代和青銅時代的過程中逐漸墮落，經歷大洪水之後，重生的第四代新人類又重新開啟新一輪的黃金時代、白銀時代、青銅時代，時間在變化，歷史卻始終是一個循環。《聖經》中也有對歷史循環的類似記載。例如，人類從偷吃禁果被逐出伊甸園後就開始一步步走向墮落，直到最後的審判，千禧年的到來，人類又重登極樂世界。時間上的起點也是終點，時間不是線性向前的，而是首尾相連形成一個循環往復的圓。

在時間無限循環，甚至停滯的傳統社會中，「現代」「現代化」這些詞彙沒有絲毫意義。傳統社會處於這樣的階段：在宗教思想、形而上思維中，人類被束縛於死後永生、末日審判、生命短暫等觀念下，被固定在穩定、靜止的社會結構中，時間的變化無關緊要，他們將未來交托給永恆的上帝和理念世界，更不會具有對時間鴻溝的意識。雖然從遠古時代起就存在著各種對歷史事實進行記錄的年鑒和文獻，但卻缺少對歷史進步本身的自覺意識，缺乏對時代變遷及各時代不同特徵的清晰認識。學界普遍認為時間意識的萌芽可溯源至文藝復興時期，如蒙田就曾將現代人與古代人的關係比喻成一個嫁接在另一個之上的砧木，一級一級地向上粘貼，於是攀得更高的現代人獲得的榮譽也就更多。彼特拉克引入「黑暗時代」的概念，認為在中世紀的黑暗被驅散之後，後人又沐浴在從前的光輝中。從文藝復興開始，歷史的雪球越滾越大，直到17世紀的科學革命，人們具有了強烈的時間意識，體現在古今之爭中就是抬高現代人和現代的地位。

德國古今之爭中所體現出的不同於法國古今之爭的時間意識和歷史意識決定了雙方在看待古與今、繼承與創新、個人與傳統的關係上具有不同的立場。在法國古今之爭中，歷史是線性的，思想家們隔斷了古與今的聯繫，堅持一種絕對的進步觀。這種歷史觀導致他們在看待歷史時容易陷入二元對立的誤區：要麼是古代優於現代，要麼是現代超越古代，二者之間的調和與繼承則很少被

---

① 周憲. 審美現代性批判 [M]. 北京：商務印書館，2005：2.

提及。且在法國古今之爭中，文化和歷史的發展呈現出一種「封閉」狀態：它總是在一個時段達到峰值並保持不變，這個「時段」在法國古今之爭中的今派思想家看來就是路易十四統治下的法國。而在德國古今之爭的思想家們這裡，歷史是一個綜合體，包含著前進與曲折、未來與復古、歷史回望與現代轉型：「歷史被視為一個同時包含過去與現在的綜合過程，被視為一個如美學體驗一樣不可分的連續過程。」①

同時又是歷史學家的席勒在耶拿大學開設的名為「什麼是世界歷史？為什麼研究世界歷史？」的講座中，將歷史視為一個連續的、具有因果聯繫的綜合整體：「一根事件的漫長鎖鏈從當前時刻一直拉扯到人類的起源，環環相扣，互為因果。」② 並將後來人稱為過去時代的「債務人」，過去所有不同時期、不同性質的文化最終都導向現在的精神，如今的所有制度、事件以及藝術莫不與過去相連，是過去歷史的必然結果。赫爾德明確反對作為法國古今之爭今派理論武器的「線性時間觀」，認為正是因為沒有深刻意識到歷史本身的連續性和繼承性，古今之爭才成了文化王國中一場無意義的、荒謬的爭論。針對古今之爭中古派與今派的非歷史性眼光，赫爾德提出「流動的現實的互相聯繫」，強調每個時代的創造都是歷史大鏈條中不可或缺的一環，其中每一個階段和環節都必然與前一個環節和後一個環節相聯，歷史在本質上是不可重複的，同時又是先後繼承的。赫爾德因此把人類歷史分為三個螺旋式遞進的發展階段，即「詩歌階段」「散文階段」和「哲學階段」，以否認歷史的單線發展或按某一單一目的、方案前進的觀點。

具有現代時間意識與歷史意識的德國古今之爭思想家們因此反對古與今的完全對立，並注意到了歷史發展中的繼承性問題。他們認為雖然現代人占據了比古代人更先進的地位，但現代人並不能因此沾沾自喜、盲目自大地享受無上榮耀，而是必須將「傳統仍是活著的，是可靠的價值來源」這一時代要求與進步觀念調和起來：我們如今可以採納各種不同的意見與新的觀點，而無須鄙視古代人，也無須忘恩負義，因為他們給予我們的初步知識成了我們自身知識的踏腳石，因為我們為擁有的優勢而感激他們讓我們超過了他們；在他們的幫助下我們被提升到一定高度，最細微的努力也能讓我們攀得更高。③ 古代與現

---

① ROBERT WEIMANN. Past significance and present meaning in literary history [J]. New Literary History, 1969, 1 (1): 91-109.

② 席勒. 席勒散文選 [M]. 張玉能, 編譯. 天津: 百花文藝出版社, 2005: 330.

③ BLAISE PASCAL. Thoughts, letters and minor works [M]. Montana: Kessinger Publishing, 2010: 548.

代從未真正地斷裂，如果說現代人占據著比古代人更高的位置，那也是利用已有成就的結果。

德國這種「螺旋式」時間發展觀決定了思想家們不會一概地否定傳統或盲目地趨向現代，而是注重在傳統文化中尋找重建現代文學和現代社會的生機。在法國，古今之爭的結果是今派文人們賦予了他們自身所處的時代極高的價值，他們認為，不管是在人類文明、文學藝術還是人類自身的發展方面，18世紀的法國都達到了一個前所未有的高度。與法國形成鮮明對比的是，德國古今之爭的思想家並沒有決然地站在古代或現代的任意一方，可以說，整個18世紀的德意志都對逝去的古典社會抱有浪漫式的崇敬態度，並在對古代生活、古代藝術及古代人性的想像性重建中對自身的文化、社會及未來進行批判性反思。在整整一代知識分子眼中，與現代文明相比，希臘文明是健康的、完善的，是真正現代的。但這並不等於他們完全臣服在古代權威之下。事實上，古代總是以現代為尺度而被挖掘和整理。如弗·施勒格爾所言，每個人都能根據自己的需要和審美取向在古代世界找到他所想要的，什麼是真正的希臘精神完全取決於個人對現實的批判向度和對未來的規劃維度。在法國今派文人中，「傳統」則意味著盲目模仿，墨守成規；而在德國，「傳統」可以是活的，思想家們不僅通過挖掘古典傳統的現代意義來瞭解過去的「過去性」，還試圖挖掘過去的「現存性」，以使過去重煥生機。

二、一種審美現代性

根據安東尼·吉登斯的界定，現代性始於17世紀的歐洲。大體來說，這個時間點正好與古今之爭重合。「古今之爭的主要結果有哪些？最重要的一個也許就是它以眾說紛紜的含義豐富了『現代』一詞。」[1] 想要對「現代」或「現代性」做出精確的定義是困難的，美國學者馬泰·卡林內斯庫賦予現代性「五副面孔」：現代主義、先鋒派、頹廢、媚俗藝術、後現代主義。但不管現代性的含義有多麼模糊、廣泛，有一點是必須清楚的：只有在一種與過去拉開距離同時又面向未來的時間觀中，現代性的概念才能夠成立，現代意識才能夠產生。從這個層面上來看，全新的時間意識是現代性出現的必要條件。因此可

---

[1] 馬泰·卡林內斯庫. 現代性的五副面孔 [M]. 顧愛彬，李瑞華，譯. 北京：商務印書館，2002：35.

以說，古今之爭不僅僅豐富了「現代」一詞，更是從審美領域開啓了整個現代化進程，恰如哈貝馬斯的看法，現代性的自我確證過程首先開始於審美領域。

古今之爭早在發端於法國之時就開啓了審美領域的現代化進程，它促使現代藝術逐漸擺脫古典藝術範式而獲得獨立地位和功能。「主張現代的一派反對法國古典派的自我理解，為此，他們把亞里士多德的『至善』概念和處於現代自然科學影響之下的進步概念等同起來。他們從歷史批判論的角度對模仿古代範本的意義加以回憶，從而突出一種有時代局限的相對美的標準，用以反對那種超越時代的絕對美的規範，並因此把法國啓蒙的自我理解說成是一個劃時代的開端。」① 換言之，古今之爭首先是一種審美現代性話語，雖然其從法國傳到德國後並不止於單純的文藝爭論，而是展現出了更加豐富的社會、歷史、哲學內涵，但其美學意義始終是首位的，且一以貫之。

審美現代性，從空間上與啓蒙（理性）現代性、在時間上與審美傳統性或古典性處於批判與反思的複雜糾葛狀態。現代性，簡言之，就是將人從宗教和權威的束縛中解脫出來的理性化過程。按照哈貝馬斯對現代性的描繪，啓蒙運動是現代性的真正起點，現代化的進程就是實現啓蒙思想家宏願的過程，即啓蒙精神，如理性、進步觀念、普遍主義、科學等在社會各個領域和層面不斷展開和深化的過程。

審美現代性繼承了啓蒙現代性對權威、宗教、特權進行反抗的衣鉢，矛頭直指傳統藝術對統治者的權力依附，試圖實現文學藝術本身的自治性——這是與審美古典性相對而言的審美「現代性」。啓蒙理性在實現社會物質進步的同時，將個人牢牢禁錮在工具理性和生活單向度的鐵籠中。本真的、感性的生存領域受到理性、功利原則的空前擠壓。利益、規範、技術主導著人們的生存。社會單一性模式驅逐了關於生命的意義和美的體驗，人們被迫落入刻板、僵化的生活常態，而這些統統被稱為文明的代價。過度張揚啓蒙理性所導致的人的感覺能力的貧乏，使一批哲學家和思想家對理性主義持懷疑和拒斥的態度，從而走上一條以審美對抗或修正理性現代性為特徵的道路——這便是與啓蒙現代性相對而言的「審美」現代性。

哈貝馬斯發現，在文學藝術領域有一個越來越趨向於自主性的過程，這個過程就是審美現代化的意義所在：「審美領域的自主性然後就變成一個深思熟慮的規劃：天才的藝術家能夠把本真的表現訴諸於他在遭遇自己那非中心化的

---

① 於爾根·哈貝馬斯. 現代性的哲學話語 [M]. 曹衛東，譯. 南京：譯林出版社，2011：9-10.

主體性時所具有的體驗，這種體驗擺脫了刻板化了的認知和日常行為的種種強制。」① 具體說來，審美現代性批判不僅實現了文學藝術與宗教及貴族權力的分離，形成獨立的藝術領域，而且具有將人從認知理性的壓抑中解放出來的功能，針對古典美學的反叛性與針對啟蒙理性的反思性便是審美現代性的最主要特徵。而古今之爭則必須在與傳統美學（審美古典性）與理性啟蒙（理性現代性）的雙重反叛中，才能顯示出其為一種審美現代性話語的全部意義。

古今之爭通過確立藝術家、作家的創作自由和文學藝術本身的自治和獨立地位，促進文學藝術向現代形式的過渡。在傳統社會，文學藝術的創作總是為教會、宮廷或貴族服務，藝術家與皇權、教權之間形成被資助人與資助人、被保護人與保護人的關係。文學藝術本身的價值和合法性皆來源於這些外部權力機制的承認，而非藝術本身的要求。因此藝術在喪失自身獨立地位的同時，其批判性和反思性也被瓦解，藝術淪為「權威」的奴僕，只能為統治階級的權力大唱錦上添花之讚歌。17 世紀後期到 18 世紀中後期，市場經濟的發展、市民階層的壯大、宗教和貴族權力的衰落、教育的普及等原因，使文學藝術獲得了更多自由表達的空間，進而使其擺脫了權威的直接控制且帶有明顯的對社會進行批判和顛覆的潛在力量。「藝術家畢竟獲得了選擇體裁與創作方法的極大自由，並且擺脫了顧主們那些古怪要求的限制，贏得了他們曾為之付出高昂代價的獨立地位。也許直到這時，所謂的藝術是表現個性的完美工具這種說法才第一次變成了現實。」② 正是現代藝術自主性合法地位的確立，審美趣味和審美判斷、審美的「救贖」和「教育」功能等觀念才有了產生的前提。

在創作自由的呼聲下，古典美學的規範及傳統受到了挑戰。古典或傳統美學向來是統治階級加強其封建專制的工具，文學的規範化和統一化是專制統治者所追求的社會規範化和統一化在藝術領域的延伸。因此，當統治權力不斷衰落或形成相對於國家來說具有自主性的社會領域和社會階級時（如市民社會，希爾斯指出市民社會的特徵之一是「它自身與國家之間存在一系列特定關係以及一套獨特的機構或制度，得以保障國家與市民社會的分離並維持二者之間的有效聯繫」③），以權力為支撐的所謂「規則」的強制性和權威性便蕩然無存。因此「自由的表達」既是現代藝術本身的要求，也成為市民社會和市民

---

① 汪民安，陳永國，張雲鵬. 現代性基本讀本（上冊）[M]. 鄭州：河南大學出版社，2005：113.
② 岡布里奇. 藝術的歷程 [M]. 黨晟，康正果，譯. 西安：陝西美術出版社，1987：314.
③ 鄧正來，亞歷山大 J. 國家與市民社會——一種社會理論的研究路徑 [M]. 北京：中央編譯出版社，2002：33.

階級的要求。藝術家和作家獲得空前的創作自由，他們公開地對古典規範進行嘲弄，對卡著鐘表檢查每一幕戲的觀眾嗤之以鼻，打破了傳統藝術對忠誠、服從等主題的限制，為藝術的「虛構」「表現」搖旗吶喊。與政治權威的分離使文學藝術承擔起了未曾有過的特殊的社會功能，這同時也表現為審美對啓蒙現代化的補充與糾正。

　　許多思想家都看到了現代化過程中合理化、工具化與審美價值之間的內部衝突。在韋伯這裡，現代性本身的矛盾和衝突即在於工具理性與價值理性的對立；弗洛伊德認為，存在著代表社會要求的「現實原則」與代表個人本能需求的「快樂原則」之間的矛盾；尼採則看到，酒神精神與理性精神的對立……他們深刻地意識到啓蒙（理性）現代性本身的曖昧不明——現代社會文明的代價是高昂的，雖然人類在自然科學及技術運用上取得了十足的進步，但人類獲得的這種控制時空、徵服自然的力量並沒有提升他們對生活的滿足感。現代性在帶來社會進步的同時造成了人類的生存危機：技術對人的異化、個體生存依據的喪失、失去自我沉淪於日常等。現代性的消極面召喚著一種反思性力量，以挽回人類的自由精神與生存自覺，而這一歷史重任最終落到審美身上。

　　在德國，尤其是古今之爭後，乞求於藝術自由性和非功利性的審美現代化方案在後世的思想家中不斷得到回應。如馬爾庫塞對「新感性」的訴求、海德格爾「詩意的栖居」、唯美主義「為藝術而藝術」的追求等，都將藝術作為擺脫強制、獲得生命自由的手段，以及獲得一種理想的生存狀態的方式。可以說，德國美學傳統中對現代文明的批判、對人的感性能力的肯定、對日常生活刻板化和僵硬化的顛覆、讓生存詩意化的美學策略等主題都是對古今之爭主旋律的不斷重奏。

　　相比於法國古今之爭，德國古今之爭更深刻地蘊含了一種人本主義向度，「完整的人性」不僅成為社會變革的前提，人道主義更是歷史發展和進步的目標。如席勒將希臘人完整、健康、和諧的人性作為理想，以此對抗現代人的分裂與異化，並致力於以希臘古典式人文主義美學為依據重建以人性為基礎的現代生存論美學。赫爾德明確提出，歷史哲學的目的就是為了弘揚人道：「我希望把我迄今為止所說的關於以高尚的方式把人教育成具有理性和自由、具有良好的感覺和本能、具有最強健的體魄並能夠滿足和控制地球這一切意思都歸納到人道這個詞裡，因為沒有一個比『人』更高貴的詞可以用來說明人的使命。」①

---

　　① 卡岑巴赫.赫爾德傳 [M].任立，譯.北京：商務印書館，1993：183.

啓蒙運動將理性作為人的最高價值來源，其最致命的缺陷在於虛構了一個絕對、抽象意義上的「人」。它割斷了人與自然神祕、人與價值神聖、人與倫理正義的先在聯繫，取消了人存在的先在限制，建立了人對自然、人對神聖、人（超人）對人（常人）的統治。① 德國思想家們於是將批判的鋒芒直指這種形而上的空洞的「理性人」，並為審美現代性賦予了人性與人性化的歷史內容和使命。發生在啓蒙時代的古代與現代的美學理想之爭實質上與特定時代對「理想的人」的構想密切相連：真實而完整的人性必須打破理性專斷和禁欲主義式的壓抑、節制，還原一個生動、自由、活潑、個性的人生。從這個角度來說，審美現代性也是與壓制生命活力的理性現代性相對的感性現代性與生命現代性。

如何才能還原這樣一個生動、自由、活潑、個性的人生呢？德國思想家們寄希望於通過審美進行一場人性教育和人性啓蒙。席勒相信，審美的游戲衝動能彌合感性衝動和理性衝動的分裂，美是通向人性解放的途徑；施勒格爾斷言，浪漫詩的綜合作用能實現人生與詩的合一，這是德國古今之爭審美現代性話語面對啓蒙理性的積極性建構。但不難看出，不管是康德、席勒、施勒格爾還是後來的法蘭克福學派，在一定意義上都呈現出一種「誇大審美現代性的傾向」②，即在他們的審美方案中包含了太多理想化的成分，這樣一種「誇大的審美現代性」就注定了德意志思想家們始終遊走在啓蒙與保守之間。

三、社會現代性：啓蒙與保守

哈貝馬斯在《論本雅明的＜歷史哲學論綱＞》中認為，本雅明「以『現時』為軸心，把構成現代性的典型特徵的激進的未來取向徹底倒轉過來，以致現代性具有了一種極端的歷史取向。對未來新事物的期待，只能依賴於對被壓制的過去的回憶。」③ 哈貝馬斯對本雅明的評價在很大程度上也適用於德國古今之爭中的思想家們，他們對現在和當下的關注確乎是「現代性批判」的一部分，而面對如何建構理想社會的現實問題時，他們的共同選擇是：歸鄉

---

① 餘虹. 藝術與歸家——尼採·海德格爾·福柯 [M]. 北京：中國人民大學出版社，2005：47.
② 周憲. 審美現代性批判 [M]. 北京：商務印書館，2005：10.
③ 於爾根·哈貝馬斯. 現代性的哲學話語 [M]. 曹衛東，譯. 南京：譯林出版社，2011：14.

（返鄉）——逃離現代的非本真世界而迴歸希臘的理想故鄉。但同時，他們又真切地意識到，希臘「故鄉」只能作為走向未來新時代、新家園的動力和藍圖，它畢竟只是一種逝去的記憶，甚至是理想化的虛構，我們既然不能真正回到希臘，那麼它就只能是通向未來的「橋樑」和「棧道」。

在這樣一種理論邏輯中，希臘文化和藝術被認為是真正神性的，是建築詩意生活方式、培養健全人性的最佳方式，它在「未來」這一維度下，在現代社會批判的主題下被賦予了鮮活的文化品格。在德國古今之爭的思想家這裡，面向未來的目光總會從現在轉向過去，使得過去與現在、未來休戚相關，三者處在「現代復興古代、古代折射現代」的複雜交織狀態中。這樣一種歷史性的「回望」不僅是對人類過去最深情的禮讚，更為現代社會的繼續發展投下一縷希望之光。「向後看」並不是沉迷於無法復原的古代社會制度和古代文化傳統，而是在「復古」中「求興」，在對古典傳統進行反思的基礎上「向前看」，雖然現代已是傷痕累累，但我們無需執著於此，更不應就此沉淪於感傷，在拾回傳統文明之根中依然能創造更好的生活，未來才是我們的歸宿。試圖通過歷史回望而促進現代轉型這一思想傾向，形成了德國思想史上的「古典理想」（或「希臘理想」）傳統。

起於古今之爭，德國學界建立起「古典理想」範式，為返歸傳統、促進現代轉型提供理論依據。18世紀中後期和19世紀早期，德意志的主流思想家們將古典視為民族重生的希望，「返回古希臘，這總是被解釋為一種民族身分的發現。人們相信，只能在遙遠的過去，才能發現一個民族被選定的身分」①。高特舍特的歸鄉理想主要是回到處於拉丁文化中心的古羅馬故鄉。為了打破受法國古典主義影響的「偽古典主義傳統」，溫克爾曼開始將目光投向更為遙遠的古希臘，真正實現了古希臘文化的復興。德國在本民族的自身發展中一直都在追尋一個與本民族文化有關的黃金時代，直到溫克爾曼，德國才終於找到古希臘，並將其作為文化之根。

溫克爾曼將希臘文化作為重獲身分認同的基石，為德意志的民族建構提供了新的文化向度，是德意志文化傳統中希臘想像的開創者，而且從德意志之後思想史的發展過程來看，他的「希臘審美烏托邦建構鮮明地體現了德意志啓蒙現代性批判的整體走向」②。歌德、席勒、施勒格爾、尼采、荷爾德林等都

---

① 奧弗洛赫蒂，等. 尼采與古典傳統 [M]. 田立年，譯. 上海：華東師範大學出版社，2007：244.
② 張政文，等. 德意志審美現代性話語研究 [M]. 北京：中國社會科學出版社，2015：206.

透過溫克爾曼的眼睛，虔誠地端詳著希臘藝術的高貴與偉大，深信在希臘世界能找到關於人性和社會的至上標準。可以說，溫克爾曼在德國開啓了一個希臘主義的時代，「為美的希臘標準贏得了勝利。這也許是古老的正統和絕對的精神最後和最優雅的勝利。這種勝利注定由古希臘最純粹和最熱忱的仰慕者所贏得，它也是普遍的古代思想模式的一場勝利」①。

雖然溫克爾曼與歷史主義和歷史意識之間的矛盾在他對唯一的、正統的美的追求中鮮明地表現出來，但他對希臘藝術變遷的深刻考查卻為後世思想家以歷史眼光研究藝術史提供了巨大的推動力。在此基礎上，如萊辛、歌德、席勒、荷爾德林等都有意發揮了溫克爾曼希臘古典理想中積極的一面，形成了德國文化思想史上一股「懷舊」和「復古」的保守主義傾向。

在古代文化傳統中尋找民族現代轉型的「審美烏托邦」「政治烏托邦」，以及以此為依據的德意志現代啓蒙理想，使得德意志民族對現實政治的參與不同於法國的強烈介入，而是沉溺於抽象觀念中，以期借助審美的方式解決社會問題，表現出極強的「純粹抽象性和內在性」。狄爾泰在《體驗與詩》中對此做過精彩的分析，「德意志特殊的社會和政治環境使我們的思想家和作家的道德素質具有獨特的性質。⋯⋯確信生命的最高價值不在外部的事業而在思想品質中。民族的四分五裂、有教養的市民階層對政府毫無影響，都加重了這一特色。⋯⋯德意志啓蒙運動最重要的人物都這樣地在全世界面前堅持他們個人的獨立價值，逃避到道德原則的抽象世界中去」②。

在德意志，文化啓蒙先於政治啓蒙，文化統一先於政治統一。德意志思想家們強烈地意識到文化統一在形成民族意識和身分認同中的重要性，因此慣於將社會和政治問題放在文化領域來解決，企圖用文化教化實現民族興盛和現代轉型。而處在古今之爭中的思想家們為德意志的現代啓蒙尋得的一條具體途徑就是：強調作為文化之根的「德意志性」，將眼光放在從前，重新返回到古老、單純、質樸的德意志品質和希臘古典傳統上，為民族和國家的未來重塑理想模板。但這樣一種指向過去、帶有幻想性的審美理想和審美教育幾乎是與現實政治相分離的，只能是具有強烈烏托邦色彩的政治想像，這也必然使得德國的社會改革方案具有非政治化的文化特徵。

因此，不管是席勒、施勒格爾，還是康德，抑或是之後的法蘭克福學派，

---

① 弗里德里希·梅尼克.歷史主義的興起[M].陸月宏,譯.南京：譯林出版社,2010：266.

② 威廉·狄爾泰.體驗與詩[M].胡其鼎,譯.北京：生活·讀書·新知三聯書店,2003：55-56.

他們都或多或少地誇大了審美的社會功效，在審美現代性方案中寄予了太多理想甚至是烏托邦的成分。他們看到，現代世界的優越性中深藏著危機，進步總是和人性異化同在。於是，面對現代性的兩難，要麼對啓蒙理性進行內部的修正，要麼放棄啓蒙的理性計劃轉而假借其他，比如藝術。告別理性主義轉向藝術和審美，用審美現代性消除理性現代性的負面影響，甚至用審美現代性取代理性現代性，這種做法雖然能夠突顯審美的獨特功能，但卻使德意志在通向現代社會的道路上充滿著「鄉愁」的回顧與掙扎。畢竟只能把「審美現代性設想為一種啓蒙現代性的『他者』。……啓蒙現代性是社會進步的主要動力，審美現代性絕不能取代啓蒙現代性的正面功能，它只是相對於社會現代化過程中負面影響而有所作為」①。因此，正確的謀劃應是，研究如何用審美現代性對理性現代性的偏廢進行糾補，而不是用審美現代性代替理性現代性。

　　從邏輯區分上看，德國古今之爭中的「保守」傾向並不等同於盲目堅持傳統、捍衛現狀、反對劇烈變動的守舊思想和傳統主義。曼海姆在《保守主義》一書中對保守主義和對過去沒有辨識的傳統主義做了區分：「傳統主義行為由於其形式上明顯的半反應性而沒有歷史，至少可以說沒有明確的有跡可循的歷史。相反，『保守主義』指的是一種可以從歷史上和社會學上加以把握的連續性，它在一定的社會歷史狀態下產生，並在與生活史的直接聯繫中發展。保守主義與傳統主義是不同的現象，保守主義首先產生於一定的社會歷史狀態之中。」② 按照曼海姆的說法，傳統主義與保守主義在對待歷史遺產是否具有反思性上分道揚鑣。古今之爭首先代表了一種現代性話語，「回望」與「歸鄉」只是一種面向未來的特殊策略，其對待歷史資源的反思性和辯證性就規定著自身的內部確證，而非直接從其他時代借用發展的準則，來為自身的確證提供動力。

　　不妨將神聖羅馬帝國建國之初對於古羅馬制度的復興和古今之爭中思想家們的希臘理想做一粗淺的比較，以更好地說明二者在對待過去遺產上「傳統」與「保守」的不同態度，從而揭示出古今之爭在德國歷史上所具有的以未來為導向復興古代、開啓德國保守主義思潮的特殊意義。公元 800 年，查理曼帝璽題詞為「羅馬帝國的再生」，以此標誌羅馬帝國在新的性質上的重生。雖然古羅馬帝國實際上已經不復存在，但它作為一種強國觀念，其影響已經深入人心，人們將古羅馬帝國作為建成全新帝國的唯一現成模板。古羅馬帝國的名字

---

① 周憲. 審美現代性批判 [M]. 北京：商務印書館，2005：10.
② 曹衛東，等. 德意志的鄉愁——20 世紀德國保守主義思想史 [M]. 上海：上海人民出版社，2015：7.

魔力依舊，而且它繼續影響著人們的想像力，雖歲月流逝，也幾無衰減。① 在一個混亂、無知的年代裡，對歷史進行理智判斷幾乎是不可能的，傳統的力量左右著人們的認知，他們堅信「舊制度現在不變地存在，並且可能繼續不變地存在下去；曾為他們的祖先服務的東西也將會很好地為他們自己服務」。② 神聖羅馬帝國在很大意義上是對古羅馬帝國制度和文化的保存與延續，文化和政治上的連續性是神聖羅馬帝國時代的主要發展標誌。而復古對於古今之爭的思想家們來說，不僅僅如傳統主義般是一種心理上的傾向，更是一種現實考量和價值取向。所有的社會發展階段從來就不缺少向歷史的回流，在德意志的土地上，歷史更為悠久的神聖羅馬帝國就是一個典型的案例，但作為一種思想傾向的「保守」卻是對現實和歷史的積極回應，這只能在德國古今之爭中找到源頭。

---

① 史蒂文·奧茨門特. 德國史 [M]. 刑來順, 等譯. 北京：中國大百科全書出版社，2009：359.
② 史蒂文·奧茨門特. 德國史 [M]. 刑來順, 等譯. 北京：中國大百科全書出版社，2009：363.

第五章 「古典階段」：客觀的詩與有趣的詩

在古典主義思想階段，施勒格爾以古代詩的「客觀性」作為藝術評價的普遍標準，並以此貶低具有個性化、興趣化趨向的現代詩，即「有趣的詩」，施勒格爾正是以此理論視角介入「文化王國中的內戰」，即新與舊之戰，現代藝術和古代藝術價值高低之爭。受席勒《論素樸的詩與感傷的詩》的啓發，施勒格爾逐漸放棄古典主義具有普遍有效性的審美理想，轉而從歷史和個性的維度評價藝術，關注現代詩的獨特價值，並尋求「客觀的詩」與「有趣的詩」的綜合。

一、希臘崇拜狂

1788 年至 1796 年，尤其是 1793 年到 1796 年，可大致視為弗·施勒格爾的古典主義思想階段。這一時期的施勒格爾在希臘世界中尋找完美人性的典範，主動肩負起「希臘詩的溫克爾曼」的使命，在希臘古典世界中探討文學、人性的本質。施勒格爾此期表現出來的對希臘的熱情可以視為對溫克爾曼、席勒和歌德「希臘理想」的回應，但對希臘的過分痴迷致使施勒格爾將現代貶得低於古代希臘，他也因此被席勒譏笑為「希臘崇拜狂」。

弗·施勒格爾的胞兄奧·威·施勒格爾 1788 年左右就讀於哥廷根大學，攻讀語文學。在兄長的榜樣作用下，施勒格爾燃起了進入哥廷根大學讀書的熾願，一改慵懶、揮霍的生活作風，以其卓越的天資在極短的時間裡，不僅補回了耽誤的課程，並於 1790 年最終順利進入哥廷根大學，而且在古典文學和哲學領域頗有造詣，在這方面的知識「使他足以與當時最偉大的古代語文家，如 F. A. 沃爾夫或者法國人柯萊和維斯孔蒂，以權威的身分交往，被他們視為

與自己旗鼓相當的人」①。

在這段時間裡，施勒格爾如饑似渴地在希臘思想和希臘語中，尤其是在柏拉圖的哲學和希臘詩歌中汲取精神營養：他廣泛閱讀古典作家，希望在希臘詩中描繪出一幅人性完美的畫卷，就像溫克爾曼在希臘造型藝術中所實現的那樣；在柏拉圖的理念中看到了「渴慕無限」的雛形，並將之逐步發展為具有浪漫主義特殊印記的概念。施勒格爾圍繞古希臘制訂了龐大的寫作計劃：《論古代與現代的共和主義》《論研究希臘人和羅馬人的價值》《論希臘詩人筆下的女性塑造》《索福克勒斯論》《古代宗教論》《論希臘人和羅馬人的政治革命》《論希臘詩的節奏》②等，並以驚人的實踐能力創造性地完成了大部分的寫作，且在給其兄長的書信中指出，這些看似廣泛的研究實則圍繞一個主題展開，即美，希臘的整個歷史在施勒格爾看來就是一部美的自然史。

早期的施勒格爾顯露出了對希臘極端的熱情與向往。他認為，作為一種理念的神聖的美，就像種子一樣植根於古希臘的土壤中，在希臘明朗的天空下與和煦的氣候中生長，並在希臘人健壯的體魄和完美的靈魂中得到最佳的展現，而希臘文學則達到了自然詩的高峰，是最接近「無限」的存在。施勒格爾在前輩思想家的基礎上將希臘人、希臘詩抬到更高的地位，正如魯道夫·海姆所言，即使在威廉·馮·洪堡、席勒、F. A. 沃爾夫的相關評論中，希臘、希臘詩歌和希臘文化也從未被提到如此的高度。

用施勒格爾自己的話來說，最高形式的希臘詩歌代表著「最純粹的美」，是一種「質樸的完美」，達到了美的最高峰，是「藝術和趣味的原型」。梅尼克在《歷史主義的興起》中如此評價溫克爾曼：「在他眼中，古希臘藝術是一所聖殿，必須擺脫所有平庸的聯繫，必須在純粹的超塵絕世中受到深思和崇敬。」③ 這一評價同樣適用於「希臘崇拜狂」施勒格爾。施勒格爾在希臘詩歌中所看到的生機、活力和英雄氣概與現代人的鄙俗、矯揉造作形成鮮明對比，正是在對希臘人/現代人、古代詩/現代詩、希臘社會/現代社會的一褒一貶和一揚一抑中，施勒格爾正式介入古今之爭，並在《論希臘詩研究》④ 一文中集中表達了對古今的看法。

---

① 恩斯特·貝勒.弗·施勒格爾 [M].李伯杰，譯.北京：生活·讀書·新知三聯書店，1991：20.
② 恩斯特·貝勒.弗·施勒格爾 [M].李伯杰，譯.北京：生活·讀書·新知三聯書店，1991：37.
③ 弗里德里希·梅尼克.歷史主義的興起 [M].陸月宏，譯.南京：譯林出版社，2010：265.
④ 《論希臘詩研究》寫於 1795—1796 年，發表於 1798 年，是具有更大篇幅的論文《希臘人與羅馬人·古典文化的歷史和批評研究》中的一部分。

二、《論希臘詩研究》：從「希臘崇拜」到「古今綜合」的過渡

在《論希臘詩研究》一文中，施勒格爾指出，現代性危機的根源在於理性主義，在現代社會，一切有悖於理性的形式，如感性、神話、藝術等統統被否定。就像尼采後來所描述的那樣：「只要想一想這匆匆向前趲程的科學精神的直接後果，我們就立刻宛如親眼看到，神話如何被它毀滅，詩如何被逐出理想故土，從此無家可歸。」① 從啟蒙宣揚的理性至上原則出發認識世界和人自身，勢必會對人和世界進行分析和拆解，人不再是能感受自然之美與世界意義的鮮活生命體。施勒格爾有感於現代人性的分裂與異化，便如席勒一樣將眼光投向希臘人和希臘文學。

施勒格爾認為，在文化發源處，即古希臘社會，人的全部基本力量之間是統一的，希臘人因具有自身內在的綜合、統一而活得如孩童般無憂無慮、自由自在。希臘的文學和詩也是一個內部完整的整體。但現代人的狀況卻是：各項能力單獨發展，在被分割的、斷片式的生存中失去了作為「人」該有的根本意識和自覺。現代文學也出現了很多在古代從未出現過的無用書籍和壞書，它們不僅不能起到將肢解的人性重新統一為一個整體的作用，甚至敗壞了人的趣味，加劇了人的分裂。

因此，施勒格爾主張現代文化教養應為人性的這一古今變化承擔部分責任。以是彌合還是加速人自身中一種能力與其他能力之間的隔絕為依據，文化教養可分為「自然的」和「人為的」兩類。「真正的文化教養」既促進單項技能的完善，又不破壞全部力量之間的統一，不僅對人的基本力量進行單獨培養，且能夠使多種成分的衝動自由協調，因而是「自然的」。而「人為的」文化教養則片面培養理性能力，使理性成為「最高的、起控制作用的原則，它領導並引導著盲目的力量，決定它的方向，規定整體的安排，隨心所欲地把各個部分分開或是合起來」②。在古希臘，施勒格爾找到了這種極其自然的文化教養。與之相比，現代文化教養則是人為的、造作的。

在文化教養中孕育的詩歌也因此各自帶上了「自然」與「人為」的特點。

---

① 尼采. 悲劇的誕生 [M]. 周國平, 譯. 南京：譯林出版社, 2015：153.
② 施勒格爾. 浪漫派風格——施勒格爾批評文集 [M]. 李伯杰, 譯. 北京：華夏出版社, 2005：11.

现代诗的「人为性」表现在：想像和情感处于概念的统治之下，理性成为审美教育的主导，追求哲理化的艺术作品成为文学的主要体裁。施勒格尔看到，现代诗对于哲理的兴趣使得美成为实现既定哲学目标的手段，因而不再具有独立的审美功能。

如施勒格尔所说，现代诗中最优秀和最著名的诗歌都是倾向于哲理的，哲理诗是现代诗最独特的产物。当哲学上有趣的东西成为诗的最终目的，现代诗只能走向对自然的孤立模仿：「其孤立作用的智性把自然的整体分割开来，撕成碎片，以这样的方式来开始它的行动。在它的带领下，艺术通常都朝着忠实地模仿个别的方向发展。在较高级的智性文化那里，现代诗的最终目标就是成为独特而有兴趣的个性。对个别事物的赤裸裸的模仿，只是抄写匠人的技巧而已，绝非自由的艺术。」① 现代诗人将哲学中的「分析趣味」不合时宜地带进文学创作的领域，现代诗因而只是对单独的、刺激的审美趣味的独特表现。现代诗也因缺乏内部的连贯性和整体上的独立与完善而被施勒格尔说成「混乱的海洋」：如「充满矛盾和冲突的海洋，其中一些美的碎屑、艺术的断片以混乱的方式被搅拌在一起」②。

施勒格尔用「客观的诗」和「有趣的诗」区分古代诗和现代诗，古代与现代因此呈现出完全不同的面貌。他将古代诗的优点归于「客观」，「客观」即意味着美自身自成一体的完整性，其本身的发展是有机的、自然而然的。古代诗「客观的美」的理想在史诗中的代表是荷马，在抒情诗中的代表是品达，并在索福克勒斯的悲剧中达到顶峰。和古代诗的客观与自然相对，现代诗以主观、有趣为特征。现代诗朝着「有趣」的方向发展，原因盖出于普遍有效性的缺乏，以及做作、性格和个性的一统天下。也就是说，每个有原创性的个性，即自身中包含有比较多的智性内涵或审美能量的个体，都是有趣的。③ 现代诗追求个性化、性格化、趣味化，追求新奇和刺激，却绝不能实现美的完善。客观的诗在索福克勒斯处达到巅峰后逐渐衰落，但莎士比亚又引领有趣的诗攀上新的高峰。

但即便如此，施勒格尔仍认为莎翁的作品够不上完善的、整体的美：「谁

---

① 施勒格尔.浪漫派风格——施勒格尔批评文集[M].李伯杰，译.北京：华夏出版社，2005：18.

② ERNST BEHLER. German romantic literary theory [M]. Cambridge: Cambridge University Press, 1993: 103.

③ 施勒格尔.浪漫派风格——施勒格尔批评文集[M].李伯杰，译.北京：华夏出版社，2005：22.

要是把莎士比亞的詩說成是美藝術,那麼他越是具有深刻的洞察力,越是瞭解莎士比亞,就越是陷入深刻的自相矛盾中。自然把美和醜混在一起製造,其量之大,二者均等,莎士比亞也是一樣,他的戲劇中,沒有一部通篇都是美的,整體的安排不一定就是美。細部的美也像在自然中一樣,不乏醜的佐料,而且都不過是另一個目的的手段而已。」① 在有趣的詩方面,莎士比亞無可置疑地超過了其他詩人,甚至是古代詩人,但這並非施勒格爾所追求的審美價值。在古典主義思想階段,施勒格爾堅持藝術必須以古代詩的客觀性為普遍美學標準,所有人、所有時代都必須遵循這同樣的客觀之美。在此基礎上,古典理想中的形式、規則、整合、界限、均衡等受到讚揚,而現代詩則是衰退的,因為它是個性化的,表現個人主觀化的興趣,缺乏作為類屬的有效性。

在《論希臘詩研究》的論述邏輯中,古代詩始終高於現代詩。在古代詩中,靜穆優雅與狂喜陶醉、狄奧尼索斯精神與阿波羅精神被成功地調和。施勒格爾說,「這裡沒有任何一點人工、藝術和需要的痕跡,我們再也看不見媒介,外殼消失了,我們直接享受純粹的美」②。希臘文化成功地克服了文化教育的困境,即純粹的自然不會使人變得粗野,人為的藝術不會使人變得蒼白虛弱,它在一個更高的目標上實現了「人」這一概念,希臘人遂成為比現代人更高一級的存在。

在施勒格爾發表《論希臘詩研究》之前,席勒於1795年12月在《季節女神》上發表了《論素樸的詩與感傷的詩》。讀到席勒的文章之後,施勒格爾遺憾地發現,讓他引以為傲的許多觀點,席勒不僅早已想到,而且更為全面、更有邏輯。如席勒更辯證地評價古代與現代,將二者放在大體平等的地位上,這給予施勒格爾極大的啟發,使其逐漸調整了在古典階段中「古代高於現代」的觀點,開始關注現代詩的獨特性及其未來發展,為向浪漫階段過渡提供了充足的理論準備。

三、「客觀」與「有趣」的綜合

在給兄長的信中,施勒格爾毫不掩飾地表達了自己在看到席勒《論素樸

---

① 施勒格爾. 浪漫派風格——施勒格爾批評文集 [M]. 李伯杰,譯. 北京:華夏出版社,2005:21.
② 恩斯特·貝勒. 弗·施勒格爾 [M]. 李伯杰,譯. 北京:生活·讀書·新知三聯書店,1991:45.

的詩與感傷的詩》時所受到的震撼：

　　席勒的理論是那麼具有感染力，以至於我在許多天裡除了讀它及有關的一些評論之外，什麼都做不下去⋯⋯席勒真的讓我大開眼界。我的內心是如此激動，根本無法平靜下來做別的什麼事。只有一件事是我決心要做的，無論如何，在這個冬天要讓我的詩學概要付梓，只有這件事是不可動搖的。①

　　正是在席勒的啟發下，施勒格爾意識到自己對於古今的看法過於片面，開始改變對古代詩與現代詩、古代與現代的看法，不僅在稍後寫成的《論希臘詩研究》前言中為自己以往的立場做出修正，提請讀者們注意不要將他對現代詩的苛責作為他對詩歌與時代問題的定論，而且在不久後的《呂刻昂斷片集》中「毫不客氣地嘲笑自己早年對客觀性的癖好，在類似席勒所陳述的立場上肯定『現代詩』的優越性，發表了有關浪漫精神的獨到論文」②。

　　雖然在對古今時代與詩歌的劃分上，施勒格爾表達了與席勒相似的觀點，但施勒格爾同樣強調了自身理論的側重點，他在前言中如此表明他寫作《論希臘詩研究》的意圖：為了結束偏向於古代或現代詩歌任何一方的長久論爭，為了通過清楚刻畫二者的邊界來重建美的領域中自然和人為的和諧。③ 對於施勒格爾來說，解決這場「文化內戰」的重點即在於古與今的「綜合」，在於協調古代的自然性與現代的人為性。正如他在1794年2月24日寫給其兄的書信中所言：對我來說，文學的任務就是統一現代與古代。④ 施勒格爾自己也意識到其「古典」時期對古代的過分偏重，因此在前言中糾正了自己的觀點「我真的更傾向於現代詩，我從幼年起就喜歡很多現代詩，我已經學過並瞭解了很多現代詩」⑤，並為現代詩做出了有力的辯護，認為不應以藝術的普遍、純粹法則作為美學標準，如果用古代詩的客觀性來評價現代詩，現代詩的審美特徵自然不會符合這樣的審美標準，現代詩的藝術價值必然遭到質疑和否定，現代詩的特點正在於對個性和趣味的追求。

---

① 洛夫喬伊. 觀念史論文集 [M]. 吳相, 譯. 南京：江蘇教育出版社, 2005：212.
② 洛夫喬伊. 觀念史論文集 [M]. 吳相, 譯. 南京：江蘇教育出版社, 2005：213.
③ KARL MENGES. Herder and the 'Querelle des Anciens et des Modernes' [M] //Eighteenth-Century German Authors and their Aesthetic Theories: Literature and the Other Arts. Columbia: Camden House, 1988：148-183.
④ KARL MENGES. Herder and the 'Querelle des Anciens et des Modernes' [M] //Eighteenth-Century German Authors and their Aesthetic Theories: Literature and the Other Arts. Columbia: Camden House, 1988：148-183.
⑤ KARL MENGES. Herder and the 'Querelle des Anciens et des Modernes' [M] //Eighteenth-Century German Authors and their Aesthetic Theories: Literature and the Other Arts. Columbia: Camden House, 1988：148-183.

施勒格爾在前言中表現出了強烈的歷史感，他深知歷史發展的不可逆性，因此雖然古典文化代表著人性的最高統一，但我們畢竟不能回到過去，古代文化也無法完全移植到現代，而只有通過古今文化的「綜合」，即把異化的現代文化與理想的希臘文化統一起來，才能使現代文化（現代人）擁有古代文化（古代人）的完整性和自然性。因此，在施勒格爾看來，關於詩的藝術的所有問題中，最為重要的就是古代與現代的綜合。他不再對古與今做簡單的價值高低判定，而是重點討論在什麼樣的條件下以及在多大範圍以內，古與今的綜合是可能的。施勒格爾隨即在歌德的創作中發現了實現這一可能的潛在性，認為歌德因其「古典主義」特質，因其作品中的靜穆、均衡、客觀性及其希臘風格，可以成為在更高程度上將「客觀的詩」和「有趣的詩」綜合起來的典範，可以成為重返一種健全美學理論和美學實踐的現代希望，而這一發現也成為施勒格爾擺脫「希臘崇拜狂」，進入現代世界、關注現代文學發展的重大理論契機。

在做出部分調整和解釋後，《論希臘詩研究》從整體上顯示出一種內部的張力，施勒格爾始終被來自兩個相反方面的觀念拉扯，在古代詩和現代詩的絕對價值間徘徊。這一張力最直接地體現在施勒格爾對古今價值的相反評價上：一方面，只有在古希臘，美的藝術才與其目標的高貴相吻合[1]；另一方面，現代詩的崇高目標因此完全是所有詩歌的最高目標[2]。我們看到，在《論希臘詩研究》中，「整篇文章給讀者的印象格外混亂，因為作者似乎不能在兩種美學理想之間做出抉擇，這兩種美學理想在他的腦子裡輪番呈現。事實上，他既渴望業已達成的完美，又渴望潛在的進步，既渴望內心的安詳，又渴望難以平息的自我的不滿足，正如他所認為的，既然現代藝術由於其本質缺乏一種卓越，古代藝術則缺乏另一種卓越，他似乎無法斷言孰優孰劣」[3]。《論希臘詩研究》因此可以是對古代的向往，也可以是對現代的偏愛，這完全取決於是從第一種評論還是從第二種評論出發。儘管施勒格爾在古代和現代之間遊移不定，但正如他自己在前言中所說的，他始終關注的是二者之間的相互聯繫，即客觀的詩與有趣的詩的綜合，這便為施勒格爾步入其思想的「浪漫」時期奠定了理論基礎。

---

[1] ERNST BEHLER. German romantic literary theory [M]. Cambridge：Cambridge University Press，1993：103.

[2] ERNST BEHLER. German romantic literary theory [M]. Cambridge：Cambridge University Press，1993：103.

[3] 洛夫喬伊. 觀念史論文集 [M]. 吳相，譯. 南京：江蘇教育出版社，2005：210.

第六章 「浪漫階段」：古典詩與浪漫詩

在「古典」時期，施勒格爾用「客觀的詩」與「有趣的詩」作為劃分古今的時代標誌，而在「浪漫」階段（大致從 1796 年到 1808 年），「浪漫詩」本身就代表了具有總匯性質的綜合精神。借助「浪漫詩」，施勒格爾為古今之爭提供了一個全新的視角①，即不再從時間維度上衡量古今，而為古與今賦予了邏輯與美學內涵。

一、「浪漫詩」理論溯源

要理解施勒格爾「浪漫詩」的內涵，首先需要廓清其理論來源，大體看來即赫爾德《促進人道書簡》中的「小說」理論和席勒《論素樸的詩與感傷的詩》中對「素樸的詩」的討論。

海姆曾在《赫爾德的生平和作品》中指出，就「浪漫詩」而言，施勒格爾繼承了赫爾德的思想。赫爾德認為，小說是一種包含了所有詩歌類型的藝術形式，它能表現一切的因素，比如能重現不在場的人或事。施勒格爾重複了這些觀點，並在赫爾德思想和費希特哲學的觸發下得出：浪漫詩是漸進的總匯詩。正是在赫爾德《促進人道書簡》（尤其是其中第七~八章中對小說的定義）的影響下②，施勒格爾逐漸清晰地將「浪漫詩」定義為現代的、漸進的、和小說一樣的。在海姆這裡，施勒格爾所使用的浪漫（romantisch）一詞因此就等同於 romanartig，他認為施勒格爾「總是熱衷於新結構和新形式，這契合

---

① Elizabeth Milan-Zaibert 在 *Friedrich Schlegel and the Emergence of Romantic Philosophy* 中認為施勒格爾的「浪漫詩」為德國古今之爭提供了全新的視角。

② 海姆認為赫爾德《促進人道書簡》的第七章和第八章含有施勒格爾在著名的一百一十六則斷片中給浪漫詩所做的所有詳盡解釋的雛形。

了威廉·邁斯特的學說，即真正的小說乃是節奏新銳外加極端，是所有詩意的聚合，這種詩藝的理念與『浪漫主義』詩歌的名義相吻合也是合乎邏輯的」①。

但後來的研究者並沒有順著海姆的思路繼續，赫爾德在形成早期浪漫派「浪漫詩」理論中的重要作用因此並沒有得到十足的關注。洛夫喬伊就是反對海姆將「浪漫詩」等同於小說的典型代表，他從三個方面對海姆的觀點提出質疑：首先，從內涵上看，施勒格爾「浪漫」時期的「浪漫詩」大致相當於其「古典」時期的「趣味詩」，只是施勒格爾對其的評價發生了由否定到肯定的轉變。其次，《威廉·邁斯特》並不如海姆所認為的那樣對施勒格爾「浪漫詩」理論的形成具有決定性影響，施勒格爾的理論在他閱讀《威廉·邁斯特》之前就已成形；最後，在施勒格爾的著作中，「小說」與「浪漫」這兩個概念沒有必然的聯繫，因此將浪漫詩等同於小說是完全錯誤的。② 洛夫喬伊否定將小說概念與浪漫主義的起源等同起來，自然就架空了赫爾德小說理論與施勒格爾思想上的親緣關係。

雖然不能將浪漫詩和小說的內涵完全等同起來，但至少可以說，赫爾德對小說的定義極大地影響了施勒格爾對「浪漫詩」的判斷。根據赫爾德在《促進人道書簡》中的定義，小說在內容和形式上都是無限的，且代表文學的現代形式。在赫爾德這裡，小說具有寬泛的意義，它不僅指我們現在稱為小說的文體，即通過人物刻畫、情節塑造、環境描寫來反應現實的文學體裁，還包括中世紀和現代早期的具有後古典特徵的文學：以浪漫故事、冒險故事、傳說、童話、英雄敘事詩、騎士精神、宗教、奇幻的雜糅為特徵。赫爾德認為古典與後古典不同的時代特徵造就了二者在審美趣味上的差異：古希臘是「造型」時代，因此追求有限性、形式性、完善性；後古典時代在對無限的崇敬中成為無形、生成、追求的象徵，因此小說也就具有了一種百科全書式的綜合性。

沒有一種詩歌類型像小說一樣具有如此廣的範圍，它能在一切條件下對不同事物進行處理；因為它不僅包含或可能包含歷史、地理、哲學、藝術理論，而且還包括所有種類的詩歌——以散文形式。……巨大的矛盾和不同形成了小說，它是散文體的詩歌。

人們可能會說，在他們最好的時代裡古希臘人和古羅馬人並沒有小說；但似乎不是這樣。荷馬的詩歌本身就是以他自己的方式創造的小說；希羅多德以其真實面貌描繪歷史，如小說一般。色諾芬寫的《居魯士的教育》和《盛

---

① 洛夫喬伊. 觀念史論文集 [M]. 吳相, 譯. 南京：江蘇教育出版社, 2005：181.
② HANS EICHNER. Friedrich Schlegel's theory of romantic poetry [J]. Pmla, 1956, 71 (5)：1018-1041. Eichner 在此文中主張 Romantische Poesie、Romanpoesie 和 Der Roman 具有相同的意義。

宴》、柏拉圖的對話錄也是如此。盧西恩的奇妙旅行呢？他們每個人都賦予希臘目標和尺度以浪漫色彩。隨著時間的推移，一個大範圍的小說概念的形成（包含豐富的多樣性）是自然而然的。……總的來說，人類行為自身就是小說，因為我們的歷史本身幾乎就是一部哲學性的小說。①

從以上引用的段落中我們可以輕而易舉地找到施勒格爾「浪漫詩」的萌芽：詩歌是變化的、漸進的；需要表現全部生活的普遍性；小說是典型的現代形式等。②

但是，這種小說精神卻在現代出現了斷裂。根據赫爾德的觀點，宗教改革運動割裂了中世紀文化傳統的傳承，使得文化順著智性化、哲理化的路徑不斷發展，但他發現在英國文學，尤其是莎士比亞的小說（赫爾德認為莎劇可以被囊括到他的「小說」概念中）中依然保存著中世紀的古老精神，新舊兩個時代在莎士比亞這裡被聯結在一起，莎士比亞通過「小說」這一形式不僅成為古代精神的繼承者，同時也成為18世紀新的時代精神的開創者。③ 在赫爾德這裡，莎士比亞在「小說」發展中占據中心地位：「莎士比亞處在新舊文學之間，就像一個典範一樣站立在這裡。騎士和精靈的世界、整個英國歷史和其他一切有趣的童話都展現在他這兒，……他汲取了舊文學和寓言故事中所有的可取之處。」④ 在18世紀，「小說」成為恢復古代精神和傳統文化的現代形式，「小說」因具有彌合分裂的作用而在現代社會擔負起「教育」之責。

1796年，施勒格爾在名為《德國》的雜誌上發表了對《促進人道書簡》第七~八章的評論文章，雖然在文章中施勒格爾沒有提及赫爾德對他思想發展的重要影響，但在他隨後（1797年初）所寫的《文學與詩歌斷片》中發表了和赫爾德類似的觀點：將現代文學分為以但丁、莎士比亞、塞萬提斯等為代表的現代早期詩歌和以歌德、盧梭、蒂克、狄德羅等為代表的18世紀文學兩個階段；小說具有很寬泛的含義，指代後古典時期和現代的作品。毫無疑問，至少在1797到1798年前後，赫爾德的小說理論是施勒格爾「浪漫詩」的重要理

---

① HERDER J G. Sämtliche Werke [M]. Vol. XVIII. Hildesheim: Georg Olms, 1978: 258.

② 在赫爾德這裡，包括斯賓塞、阿里奧斯托、莎士比亞等的作品在內的後古典作品都可以稱為「浪漫詩歌」（romantische Gedichte），浪漫詩歌再現人類生活的全部真實性，與古希臘詩歌一樣具有典型性和普遍性，因此「文學雖然反應的是民族和地域的文化，但是具有一些對整個歐洲來說的普遍特徵，因此，現代文學能被視為一個巨大的歐洲聯合體，其中包含著眾多變化的個體」。赫爾德對「浪漫詩歌」多樣性與普遍性的強調正契合了「浪漫詩」是漸進的總匯詩的定義。

③ Hans Eichner認為，施勒格爾重申了赫爾德關於「莎士比亞在小說發展中占據中心地位」這一觀點。

④ HERDER J G. Briefe zur Beförderung der Humanität [M]. Berlin: Jazzybee Verlag, 2012: 101.

論資源。可以看到，在施勒格爾對浪漫詩的論述中，不斷迴蕩著赫爾德的理論餘韻：「所有的作品應該是小說」「所有的作品都是小說，是浪漫的散文」。①

在「古典」時期，施勒格爾也曾使用過「浪漫」一詞，但此時的「浪漫詩」只作為一個文學批評術語，特指某一類文學作品或文學發展的某一歷史階段。「浪漫詩」與「古典詩」相對，前者是主觀的、人工的，相當於趣味詩、特徵詩；後者是客觀的、自然的，以古希臘詩為典型代表。在施勒格爾的早期使用中，「浪漫」代表著與古典審美相對立的現代審美趣味，是施勒格爾所認為的現代詩具有的特性，如其在《論希臘詩研究》中的用法。也正是「浪漫」在施勒格爾早期著作中的文學內涵導致後人產生「德國早期浪漫派僅是一場文學運動」的誤解。大致在 1797 年，施勒格爾改變了他對古代一味的讚頌態度，並公開宣稱自己的浪漫主義轉向：「我那篇關於希臘研究的論文，是一首用散文寫成的、歌頌詩中客觀的、做作的頌歌。我覺得其中最糟糕的是完全沒有不可或缺的反諷，而最優秀的則是那個信心十足的假設，即詩的價值是無限的。」② 也正是從這時起，「浪漫的」成為施勒格爾的核心理論術語，不僅代表著浪漫派的美學理想，也蘊含著深刻的哲學之思。

前面略有提及，洛夫喬伊主張「浪漫詩」等同於「興趣詩」：「在 1798 年後，我們聽得如此耳熟的『浪漫詩』只不過是早期的興趣詩，改變的只是施勒格爾對這類詩的評價。」③ 洛夫喬伊對「浪漫詩」含義的解釋實際上只適用於施勒格爾前期對該概念的使用，並沒有揭示出「浪漫詩」的「綜合」本質。我們知道，正是在席勒《論素樸的詩與感傷的詩》的啟發下，施勒格爾才轉變了他對現代詩的看法。歌德曾明確指出，席勒「感傷的詩」奠定了施勒格爾「浪漫詩」的理論基礎：

古典詩與浪漫詩的概念現在已經傳遍了全世界，引起了許多爭執和分歧。這個概念起源於席勒和我兩個人。我主張詩應採取從客觀世界出發的原則，認為只有這種創作方法才可取。但是席勒卻用完全主觀的方式寫作，認為只有他那種創作方法才是正確的。為了針對我而辯護他自己，席勒寫了一篇論文，題為《論素樸的詩與感傷的詩》。他要向我證明：我違反了自己的意願，實在是浪漫的，說我的《伊斐姬尼亞》由於情感占優勢，並不是古典的或符合古代

---

① HANS EICHNER. Friedrich Schlegel's theory of romantic poetry [J]. Pmla, 1956, 71 (5): 1018-1041.
② 施勒格爾. 浪漫派風格——施勒格爾批評文集 [M]. 李伯杰，譯. 北京：華夏出版社，2005：45-46.
③ 洛夫喬伊. 觀念史論文集 [M]. 吳相，譯. 南京：江蘇教育出版社，2005：193.

精神的,如某些人所相信的那樣。施勒格爾兄弟抓住這個概念把它加以發揮。①

但是,施勒格爾同時看到,雖然席勒想通過素樸與感傷的結合來克服康德式的二元論,但他對素樸與感傷的劃分和康德對感性與理性的二分別無二致。受康德哲學的影響,席勒傾向於採用二元模式——動物性與精神性、感性與理性、自然與人為——進行論述,這在其晚年思想中尤為明顯,在《論素樸的詩與感傷的詩》中則表現為素樸與感傷的區分。但與康德不同的是,席勒突破了形而上學的純思辨框架,為美學引入了社會歷史之維度。在康德這裡,二元對立只是對人類認知結構的抽象分析,席勒則將康德意義上的二元轉變為從必然到自由的歷史進程和心理完善過程。

席勒對康德思想的這一修訂必然會最終以尋求更高層次的「綜合」而結束。因此,在席勒的思想中,世界的發展呈現為三個階段,「他對文化和藝術的規劃,不同於盧梭這裡文明發展所呈現出的兩個階段,席勒這裡有第三個,也是一個更高的階段,一個關於未來的綜合階段,在其中,前兩個階段的基本特徵被融合在了一起」②。整部《論素樸的詩和感傷的詩》就是以此為基本邏輯,在分別論述素樸的詩和感傷的詩二者的優缺點之後,尋求二者更高層次的統一與結合。「如同席勒不滿於康德感性-理性的二元主義一樣,施勒格爾同樣不滿於席勒在文學中對素樸與感傷的二元對立式區分。」在施勒格爾看來,席勒對素樸與感傷、感性衝動與理性衝動的劃分是一種典型的二元論,它將原先統一的事物割裂開來,再尋求重新的統一。

出於對席勒二元論的批判,施勒格爾指出,文學藝術「必須被視為統一這兩種對立美學的過程,尋找對古代與現代綜合的過程」③。這裡的「綜合」不再是對世界二分後再進行縫合,而指向一種原初式的同一。正如在浪漫階段,不再存在古典詩與浪漫詩的對立與二者的結合。浪漫詩本身就包含了古典因素與現代因素,它將一切實體的主、客之分都「懸置」起來,進入了一種交融不分的、徹底同一的審美境界。

轉向「浪漫」階段後,「施勒格爾將『浪漫的』這一術語的原初內涵轉變為意指對所有藝術來說常見的諸多矛盾的綜合,在此之前『浪漫的』僅是一

---

① 愛克曼. 歌德談話錄 [M]. 朱光潛, 譯. 北京:人民文學出版社, 1978:220-221.
② NISBET H B. German aesthetics and literary criticism: Winckelmann, Lessing, Hamann, Herder, Schiller, Goethe [M]. Cambridge: Cambridge University Press, 1985:22.
③ ERNST BEHLER. The origins of the romantic literary theory [J]. Colloquia Germanica, 1968, 2 (1):109-126.

個與現代文學相關的歷史範疇」①。此時的施勒格爾反對傳統意義上古典與現代或古典與浪漫的對立，而是在浪漫詩本身就蘊含著古典因素與現代因素的意義上使用這一概念，因此，在歷史上不可調和的古代與現代終於在美學意義上實現了綜合。韋勒克在討論18世紀晚期的文學批評時就揭示出「浪漫詩」的這種「合一」功能是所有矛盾的混合：自然和藝術；詩歌和散文；嚴肅和戲謔；回憶和期許；精神性和感受性。實際上，施勒格爾所提及的浪漫詩本身就體現了「古典因素」與「現代因素」的綜合，這一點在《論素樸的詩與感傷的詩》中已經初見端倪，只是由於席勒本人在論文中對素樸與感傷釋義的前後變化使其略有模糊、粗略之嫌，再加上施勒格爾也許是出於理論建構的需要而故意對此有所忽略，總之，古典形式與現代形式的融合在施勒格爾這裡被清晰地表達了出來。

二、「浪漫詩」的內涵

在赫爾德和席勒理論的啟發下，施勒格爾賦予浪漫詩美學的、哲學的、政治的等多重含義與價值。在《雅典娜神殿》第116則斷片中，施勒格爾明確提出了他的「浪漫詩」理想：

浪漫詩是漸進的總匯詩。……把詩變成生活和社會，把生活和社會變成詩。……浪漫詩包羅了一切稍有詩意的東西，大到一個自身內包含了許多其他體系的最宏大的體系，小至歌童輕聲哼進他那純樸歌聲中的一個嘆息、一個吻。……只有浪漫詩能夠像史詩那樣，成為周圍整個世界的一面鏡子，成為時代的肖像。……只有浪漫詩是無限的，就像只有浪漫詩是自由的一樣。浪漫詩承認，詩人的隨心所欲容不得任何限制自己的規則，乃是浪漫詩的最高法則。②

在這條帶有宣言性質的斷片中，至少包含以下幾層含義：

首先，浪漫詩是漸進的，它本身始終處於變化之中，從沒有真正完成，它只能是供人無限追求的理想。早期浪漫主義者是第一批對建立在自然科學和數學基礎上的哲學體系進行猛烈抨擊的思想家。以施勒格爾、諾瓦利斯為代表的

---

① MICHAEL T JONES, KATHLEEN WHEELER. German aesthetic and literary criticism: the romantic ironists and Goethe [J]. German Quarterly, 1984（1）: 7.
② 施勒格爾. 浪漫派風格——施勒格爾批評文集 [M]. 李伯杰, 譯. 北京：華夏出版社, 2005: 72-73.

德國浪漫派雖然從康德、費希特、謝林的觀念論中汲取了哲學養分，但他們的反理性主義立場卻預示著一種方法論的轉折：理性自身的局限性無法理解絕對，唯有藝術能無限接近絕對。施勒格爾對無限的追求，一方面是對理性主義者之世界構想的反叛。他認為任何對現實的邏輯描述，為現實制定的規則和結構都是對現實的誤解，世上根本不存在封閉的、完美的生活範式，現實在本質上就是混亂的、變化的、無窮的，「瞬間、碎片、暗示、神祕的微光——這些才是捕捉現實的唯一途徑」①。另一方面也是在為無可奈何的現實尋找另一種出路。施勒格爾有感於現代價值的缺失和現代人性的墮落，對現實的失望只能讓他在「無限」的彼岸中重覓價值與意義，從這個意義上說，追尋無限本身也是一場「返鄉」之旅。

其次，施勒格爾在對絕對的無限追求中發展出一種歷史觀念：「一種無限性觀念；朝向一個絕對目標持續奮進的觀念；普遍的、漸進的總匯詩的觀念很好地表達了早期浪漫派的歷史觀。……不是一種幼稚的進步論和膚淺的樂觀主義，而是包含了對運動、時間、歷史中不可避免的缺失的反應。」② 在浪漫主義者這裡，世界似乎有一絲殘忍，它不可窮盡、無可言盡，且時刻處在變化、活動中，我們永遠在追求，卻永遠無法得到滿足。但浪漫派的憧憬卻不在於得到這種幸福，而是相信它的存在，在不斷超越自身有限性的同時無限地接近它。在諾瓦利斯這裡，施勒格爾對無限的渴慕演變成「藍花」這一意象，它在我們找到之前就發出幽暗的藍光，指引著人類前進的方向。實質上，對「無限」的憧憬「反應了浪漫主義樂觀的一面。在這裡，浪漫主義認為只要不斷前進，只要擴展我們的天性，摧毀我們前進道路上的一切障礙，不管它是什麼，我們都能在這個摧毀障礙的過程中不斷解放自己，使自己無限的天性在更高、更廣、更深遠、更自由、更有活力的境界中翱翔，仿佛接近了我們夢寐以求的神聖」③。

最後，「浪漫」是一種綜合，而「綜合」本身正是施勒格爾接近無限的途徑。施勒格爾所要求的「浪漫詩」的綜合作用中最為重要的是被勃蘭兌斯稱為「人生與詩合一論」的人生與詩的綜合。施勒格爾在浪漫詩中看到了作為社會粘合劑的統一性與連貫性，因此認為將詩運用於社會領域或在詩中注入社會精神，就能蕩除現實的污穢，實現生活的詩化，實現社會和人性的雙重和

---

① 以賽亞·伯林. 浪漫主義的根源 [M]. 呂梁，等譯. 南京：譯林出版社，2008：116.
② 施勒格爾. 浪漫派風格——施勒格爾批評文集 [M]. 李伯杰，譯. 北京：華夏出版社，2005：89.
③ 以賽亞·伯林. 浪漫主義的根源 [M]. 呂梁，等譯. 南京：譯林出版社，2008：108.

諧，並最終實現浪漫詩「精神革命」的社會功能：借助詩的同一性作用克服普遍分裂，將社會塑造成為一個合一的整體。根據貝瑟的觀點，浪漫派的最終目標是將世界浪漫化、詩意化，讓個人、社會以及國家都成為藝術作品。而將世界浪漫化意味著使生活成為一部小說或一首詩，這樣就能重拾我們遺失在碎片化的現代世界中的意義、神祕、奇幻。浪漫主義者相信，我們在最深處都是藝術家，浪漫化的任務就是喚醒我們自身所沉睡的這一藝術天賦，這樣我們每個人就能將自己的生活變為一個完美的整體。因此，浪漫主義者最重要的目標是打破藝術與生活之間的障礙（我們曾將藝術與生活二分，認為藝術只存在於書本、音樂廳、博物館中，而生活則是一個醜陋的世界）。可以看到，浪漫詩的總匯性特徵背後所暗含的是一種有機體的觀念，它將藝術和科學合二為一，<u>重建藝術與生活的統一性</u>，以實現生活的意義化，國家與民族的統一，「浪漫詩」也因此承擔起了拯救人性與社會分裂的使命。

三、浪漫的即是現代的

和古典時期一樣，施勒格爾仍然把莎士比亞視為現代詩最為充分的代表。莎士比亞，連同但丁和歌德一起被施勒格爾稱為「現代詩偉大的三和弦」：「但丁的預言詩是超驗的詩唯一的體系，永遠是超驗詩最高的體系。莎士比亞作品的總匯性如同浪漫藝術的核心。歌德的純粹詩意的詩，是詩裡最完善的詩。這就是現代詩偉大的三和弦，在所有現代的詩藝術經典作家精選中，不論範圍多寬多窄，這三個人都是最內在、最神聖的一組。」[1]

莎士比亞、但丁之所以受到施勒格爾的高度讚揚，原因在於施勒格爾在這二者身上發現了自己先前所提到的「本質的現代因素」：「如果你研究、講授但丁的精神，也許還包括莎士比亞的精神，你就很容易體察我先前稱為現代之本質的東西，以及我為什麼偏愛這兩位詩人的緣故。你曾經計劃寫作的浪漫主義詩史有多少進展？——如果理解這一點，較為新近的戲劇和小說也許更加容易被把握了。」[2] 歌德的《威廉·邁斯特》則因為是最具有浪漫詩總匯特徵的小說而受到施勒格爾的推崇，歌德與費希特、法國大革命一同被譽為「最偉

---

[1] 施勒格爾. 雅典娜神殿斷片集 [M]. 李伯杰，譯. 北京：生活·讀書·新知三聯書店，1996：98.
[2] 施勒格爾. 浪漫派風格——施勒格爾批評文集 [M]. 李伯杰，譯. 北京：華夏出版社，2005：225.

大的時代傾向」。

可以看出,「本質上的現代因素」與「浪漫詩」在施勒格爾這裡已經緊密地聯繫在一起,浪漫的即是現代的。為此,施勒格爾特別提出了「早一些的現代人」,這一概念不是指對古代進行自我反思的古代人,而是指能為現代思想家提供有關政治、美學、哲學等思想資源,能與現代思想家進行對話與溝通,具有浪漫性傳統的古代人或現代人。施勒格爾將莎士比亞、塞萬提斯視為「早一些的現代人」的典範:「我正是在早一些的現代人那裡,在莎士比亞和塞萬提斯的作品中、在義大利的詩裡、在那個騎士愛情和童話的時代裡,尋找並找到了浪漫性,浪漫性本身及浪漫一詞也都發源於這個時代。」①

施勒格爾在「早一些的現代人」這裡,尤其是在莎士比亞身上找到真正的浪漫主義傳統。從「浪漫詩」出發,施勒格爾不再從時間上區分古與今,即不是出現在時間序列之前的就一定是古代人,反之亦然。「浪漫的」本身就既可以是古代的、傳統的,也可以是現代的,它包含了古與今兩個維度,具有浪漫性的古代人也可以變為只是早一些的現代人。對於施勒格爾而言,古代與現代不再是永恆不變的時間概念,只要是「浪漫的」,就永遠具有現代的生機。但是,現代的卻不一定都是浪漫的,比如《艾米麗婭·伽洛蒂》這個劇本就極具現代性,可是卻一點也不浪漫。施勒格爾提醒我們注意不要把浪漫主義和現代主義混為一談:「我列舉了一個古典與浪漫之對立的確定的特徵,不過我同時請您不要馬上誤認為浪漫的與現代的在我看來完全一樣。我覺得二者是不同的,猶如拉斐爾的畫與時興的柯勒喬的銅版畫是不同的一樣。」②

根據洛夫喬伊的觀點,施勒格爾的「浪漫」即現代階段,應包括中世紀和現代早期,施勒格爾之所以拒絕使用 Modern 一詞而用 Romantisch 指稱現代,是因為 Romantisch 比起具有編年史意味的 Modern 一詞更能凸顯出審美內涵,更適用於這場古典與現代的審美之爭,因為正是從中世紀和現代早期開始,藝術開始表現出了不同於「古典」的諸種審美特性。但是,從更廣泛的意義來看,「浪漫詩」並不特指某個時代或某個階段的文學(雖然「浪漫傳統」產生於中世紀,但「浪漫傳統」並不等於「浪漫詩」),不管是施勒格爾所處的 18 世紀還是包括從中世紀到 18 世紀的漫長時間段。「浪漫詩」更類似於一種

---

① 施勒格爾. 浪漫派風格——施勒格爾批評文集 [M]. 李伯杰,譯. 北京:華夏出版社, 2005:205.
② 施勒格爾. 浪漫派風格——施勒格爾批評文集 [M]. 李伯杰,譯. 北京:華夏出版社, 2005:213.

文學理念、一種超驗詩①，不管出現於哪個時期的文學，只要它本身能體現出施勒格爾所界定的浪漫特質和本質上的現代因素，它都可以是現代的，甚至於可以說最具現代性的作品正是那些與古典保持最鮮活關係的。

　　從這個角度來說，施勒格爾以全新的方式介入了古代與現代之間的論爭中：他認為古典主義同樣富有生機，隱含著被現代化的無限潛力，因此現代與古代並非彼此獨立、互不相干，而是與古代形成互動關係。「對於現代性的膚淺觀點會認為現代從古代中分離開來，僅僅是一種進步。深刻的觀點則認為，現代與古代具有同等的地位，且它自身是動態發展的。事實上，很明顯我們能在更生動的互動關係中恢復古代的典範，因為僅僅模仿古代我們就用不著關注現代……現代人應追求的不是古代神話的還原，而是創造新神話，不是復活謝林和黑格爾所向往的荷馬時代，而是創造作為對主觀、超驗詩歌表達的現代小說。」② 施勒格爾認為通過這種方式，「蘇格拉底，甚至更早的畢達哥拉斯，都處於現代歷史的起點」③。

---

　　①　在浪漫階段早期，施勒格爾認為現代文學包括現代早期和18世紀的作品，如他在《文學與詩歌斷片》中的觀點。這樣一種分類方法仍然囿於對時代的歷史性描述，「浪漫詩」也是特定歷史時代下的審美產物。但隨著思想的不斷深化，浪漫詩在施勒格爾這裡不再是以時間為依據所得出的審美特徵，即它不存在於古代，只要我們復興古代文化就可以實現，也不存在於未來，只要不斷追尋總會得到。它成了一種理念或邏輯上的、超驗性的概念。

　　②　ERNST BEHLER. German romantic literary theory [M]. Cambridge：Cambridge University Press，1993：105.

　　③　ERNST BEHLER. German romantic literary theory [M]. Cambridge：Cambridge University Press，1993：105.

第七章　小說理論：反對古典主義每一種形式的極端

古典主義對文學體裁做出高低之分，推崇悲劇，貶低喜劇與民間文學。打破古典主義對文學體裁的僵化限定成為具有進步觀念的文人們的共同意識。如萊辛突破悲劇和喜劇的等級劃分，以普通市民為主人公，創作了德國文學史上第一部真正意義上的市民悲劇——《薩拉·薩姆遜小姐》。而施勒格爾「最初作為希臘的極端擁護者，很快走向了反對古典主義的每一種形式的極端」[①]。他的小說理論和創作實踐就集中體現了這一「反對古典主義每一種形式的極端」。

在古典主義文學等級中，小說被視為「卑下」的體裁，「小說家不能與詩人平起平坐，原因是『過於接地氣』」[②]，甚至連席勒都說小說是一種不純的媒介，小說家只是詩人「同父異母的兄弟」。在 18 世紀的德國，小說的文體規範模糊不清，不僅沒有獲得理論上的獨立價值，還時常被排擠出「高雅文學」的殿堂。雖然小說創作呈現出豐富多彩的面貌，且閱讀小說成為一種文化時尚，但實際上缺少具有民族特色的小說精品，更缺乏從邏輯層面對小說進行分析的理論體系。而施勒格爾從理論和創作兩方面徹底顛覆了古典主義的體裁規範，為改變小說在古典主義美學標準中備受排斥的地位並使其成為 19 世紀歐洲主要的文學樣式做出了關鍵性的貢獻。

一、施勒格爾的小說理論

關於小說，在 18 世紀的德國批評界流行著這樣的觀點：小說和古代史詩

[①]　歐文·白璧德. 盧梭與浪漫主義 [M]. 孫宜學, 譯. 北京：商務印書館, 2016：104.
[②]　陳恕林. 論德國浪漫派 [M]. 上海：上海社會科學院出版社, 2016：110.

一樣，都是史詩敘述的產物，是同一種敘事原型的不同文學樣式，思想家如謝林、黑格爾、歌德等都持這一觀點。這個對小說的泛化定義自然不能突出小說本身的現代特性及其在敘述方式上的特徵，因而遭到施勒格爾的強烈反對。施勒格爾認為，正是現代小說的反諷、斷片式敘述方式使其不同於古代史詩風格。與謝林、黑格爾不同，施勒格爾不再遺憾於自己所處的時代不能產生真正的史詩，而是表現出極強的現代意識，認為在新的時代語境和文化氛圍中，對荷馬的渴望並無任何意義。施勒格爾更在《論小說的信》中直接反對這一關於小說的流行看法，強調敘述只是小說的因素之一，並指出小說是一種現代藝術形式，而非產生於任何一種古典體裁：

昨天您雖然說過，小說與敘述體裁，即與史詩體裁的聯繫最為密切。而我現在只提醒您注意，一首歌也同樣可以像一個故事一樣是浪漫的。真的，我設想的小說只可能是敘述、歌唱及其他形式的混合體，而不可能是別的。①

施勒格爾指出，現代小說與古代史詩最大的區別在於二者敘述方式的不同：「對於史詩風格而言，沒有什麼比作品中看不到自己情緒的流露更加違反史詩風格的天性；相反，像在高超的小說裡那樣可以聽任幽默為所欲為，與幽默一同戲耍，對於史詩風格當然就更無從談起。」② 在施勒格爾這裡，小說是浪漫精神的集中體現，它是唯一能與古典悲劇媲美的現代文學體裁。因此施勒格爾為小說賦予了獨特的理論價值和地位，提高了其在傳統文學等級中的次序，使小說，尤其是長篇小說，成為浪漫主義的文學典範。

關於小說，施勒格爾從未有過明確的定義，他也拒絕這種純理論、純邏輯的命名方式。他在不同的地方說過，小說是一部浪漫的書、是一個浪漫主義的結構概念，小說是世界的鏡子、時代的畫卷，小說具有阿拉貝斯克風格等。在這些斷片式的定義中，施勒格爾為小說賦予了如下特徵：

（1）總匯性和綜合性。小說是對所有文學體裁的綜合，它將史詩、書信、詩歌、哲學思考、戲劇等多種樣式熔鑄為一爐，小說本身是多種文學形式的大雜燴。

（2）漸進性和開放性。施勒格爾認為小說在形式上和內容上應是開放的、是不斷生成的。因此，理想的小說永遠不可企及，它總處在形成中而不可能最終完成，因而小說的現實意義就在於像鏡子一樣揭示未來的理想社會是什麼樣子，而非描述世界本來的樣子。

---

① 陳恕林. 論德國浪漫派 [M]. 上海：上海社會科學院出版社，2016：206.
② 陳恕林. 論德國浪漫派 [M]. 上海：上海社會科學院出版社，2016：206.

（3）阿拉貝斯克。阿拉貝斯克本來是一種阿拉伯風格的圖飾，其圖案線條交錯，令人炫目。施勒格爾用它指小說風格上的雜糅：悲劇性與喜劇性混合，各個時代的人物在小說世界中自由馳騁，想像力打破一切時空界限任意構思等。

（4）小說是體現了「浪漫詩」理想的文學形式。用施勒格爾的話說，浪漫詩並不是一種體裁，而是一種詩原素。他在小說中發現了這種詩原素，因此將小說與詩等量齊觀，使小說具有了「浪漫詩」的審美理想與社會使命。

施勒格爾在小說的題材、內容、人物、性質等方面都表達了自己的看法：小說題材不應是現實的物質生活，而應是精神或心理活動；內容應是百科全書式的，將所有事物混雜在一起；人物不應是平民，而是精神貴族和藝術天才。關於小說的性質，施勒格爾說，「長篇小說的概念，正如薄伽丘和塞萬提斯提出的那樣，是一部浪漫主義書的概念，是一個浪漫主義結構的概念，所有形式和體裁都混雜和交織在這一結構裡」①。

二、施勒格爾論《威廉·邁斯特》

從對浪漫小說的界定出發，施勒格爾在歐洲文學史中尋找小說的傑出代表。他認為小說藝術在塞萬提斯這裡達到巔峰，但是在之後幾乎兩百年的時間裡，歐洲文學一直處於衰退的狀態，直到 18 世紀末詩歌精神再度覺醒，這一狀況才有所改變。在 17 世紀和 18 世紀，小說家們，如阿里奧斯托、斯泰恩、斯威夫特等雖然不能與塞萬提斯等大師等而論之，但他們的作品因表現出想像力、機智、幽默而同樣值得關注。到 18 世紀末，歌德及其《威廉·邁斯特》的出現改變了歐洲文學的面貌，施勒格爾認為歌德代表著「真正藝術和純粹美的黎明」。除了施勒格爾，歌德在浪漫派的其他代表人物那裡也受到高度讚揚，例如諾瓦利斯最初就非常崇敬歌德，將他譽為「真正富有詩才的總督」，把《威廉·邁斯特》作為浪漫小說的理想，並想以《威廉·邁斯特》為範本創作小說《塞斯的學徒》；奧·威·施勒格爾則稱歌德為「德國詩歌的重建者」。

在施勒格爾看來，歌德的《威廉·邁斯特》，尤其是《威廉·邁斯特的學習時代》所具有的新形式、新結構正契合了他對真正的小說的構想，也契合了他的「浪漫主義」詩歌理念。如《威廉·邁斯特》這一類的小說可以說是一種新的詩歌類型，涵蓋並超越了其他所有藝術類別，代表著歐洲文學時代的

---

① 陳恕林. 論德國浪漫派 [M]. 上海：上海社會科學院出版社，2016：113.

曙光。施勒格爾在小說中尋找詩的精神，但在小說中尋找詩歌精神的復興這一做法遭到了古典主義者的強烈反對。在古典主義審美規範中，各門藝術應界限分明。從這種立場出發，像《威廉·邁斯特》這類小說自然被判定為非詩的，因為小說並不屬於古典美學的詩歌範疇。魏瑪古典主義者席勒就把守著這道「藝術界限」之門，他在 1797 年 10 月 20 日寫給歌德的信中指出，《威廉·邁斯特》如其他小說形式一樣，完完全全是非詩的。席勒並不認為《威廉·邁斯特》中蘊含著真正的詩歌精神，在他看來，該小說具有的只是一系列的混亂，違反了最高的美的理想。

為了顛覆古典美學規範對小說的陳規看法，施勒格爾從語言、結構等多個方面揭示了《威廉·邁斯特》所具有的詩性精神。在《論歌德〈邁斯特〉》一文中，施勒格爾宣稱，該小說中的各個因素都是詩，是最高的純粹的詩：這一絕妙的散文是散文，但它也是詩。在此文中，施勒格爾認為《威廉·邁斯特》的語言不同於日常生活用語，具有詩的特性。他反對只從內容層面閱讀小說，將辨明其中的人物和事件作為最終目的。如果我們僅從閱讀小說的傳統角度出發來分析這部完全獨一無二的小說《威廉·邁斯特》，就像小孩子試圖抓住星星和月亮並把它們塞進包裡一樣荒謬和徒勞。施勒格爾認為，《威廉·邁斯特》的主線雖然展示的是現代生活，但它通過詩化語言的間離化效果使小說中的世界成為一種遠離現實世界的詩意存在。

施勒格爾對《威廉·邁斯特》詩化精神的強調重在對其結構的分析，他認為該小說為我們提供了一種獨特的塑造統一體的新方式。施勒格爾尤其看重《威廉·邁斯特》的斷片式結構特徵，認為歌德並不是直線式地講述邁斯特的整個人生故事，而是將無數分鏡頭組合在一起共同完成邁斯特的生命戲劇。正由於此，讀者在閱讀的過程中更應具有一種「體系感」：

我們對統一和連貫的期望時常被這部小說挫敗，但是真正具有「體系感」的讀者，真正具有整體感的讀者會發現《威廉·邁斯特》很有意思，會意識到在作品中到處是我們稱之為鮮活個性的東西，你探索得越深，你越會發現小說中更深層的內部聯繫和精神的統一與綜合。①

施勒格爾在《威廉·邁斯特》裡發現了「無體系的體系性」。施勒格爾的整個哲學致思都是在尋求知識的根基，他認為知識必須從單個體系出發，但同時要形成一個知識整體，兼顧其他單一的體系，如此才能接近真理。在《威廉·邁

---

① BERNSTEIN J M. Classic and romantic German aesthetics [M]. Cambridge: Cambridge University Press, 2003: 276.

斯特》中，施勒格爾找到了建構這種知識體系的模型：讀者首先要讀懂作者給出的每一個分散的片段，但文本的開放性要求讀者在片段之間創造新的聯繫。「個別部分的發展保證了整體的連貫性，通過將各部分結合為一體，詩人同時明確了它們的多樣性。通過這一方式，小說的每一重要部分也自成一體。」①

雖然施勒格爾在《威廉·邁斯特》中找到了「浪漫詩」的因素，小說也部分實現了「浪漫詩」的綜合理想，但在施勒格爾看來，小說永遠不等同於代表絕對理念的浪漫詩。早期浪漫派所追求的絕對詩歌理想是18世紀任何一個作家都無法實現的，即使被浪漫主義者們抬得如此之高的歌德也是如此。就像施勒格爾反覆強調的一樣，歌德的《威廉·邁斯特》是現代的，它具有詩性，飽含豐富的想像，但絕不是「浪漫的」，即它並不導向無限。這部小說因缺乏充分的浪漫主義傾向，如內容太過現實、反諷運用得不夠等而不能算作真正完美的浪漫主義小說。

可以看出，施勒格爾對歌德及其小說的讚揚並不是毫無保留的，他後來就在《文學筆記》中表達了對歌德的懷疑。在《文學筆記》中施勒格爾寫道，我們有哲學的小說（雅可比）、詩性的小說（歌德），現在唯獨缺少浪漫主義的小說。隨後，他認為《唐吉柯德》始終是唯一的浪漫主義小說。不過當他不久後發現蒂克的《弗蘭茨·斯泰恩巴德的漫遊》時又說它是塞萬提斯後第一部浪漫主義的小說，遠在《威廉·邁斯特》之上。施勒格爾在別處又再次確認，《弗蘭茨·斯泰恩巴德的漫遊》是一部浪漫主義小說，是絕對的詩。可以看出，施勒格爾的小說理論本身就是開放的，這也正契合了他對小說的定義，他稱小說是一種想像的、人為的混亂，將浪漫主義小說等同於阿拉貝斯克，等同於混亂，小說理論應如小說創作一樣豐富多彩，無限發展。施勒格爾不僅從理論上提高了小說的地位，而且從創作實踐上推動了小說的現實發展。

三、《盧琴德》：浪漫派最大膽的小說實驗

1797年，施勒格爾初識多羅苔婭·懷特就注定了二人一世的糾葛。多羅苔婭是德國啓蒙時期著名哲學家門德爾松的長女，在19歲時尊父命嫁給柏林的銀行家西蒙·懷特，並育有二子。懷特雖然正直、高尚，但在文化修養、精

---

① MICHAEL T JONES, KATHLEEN WHEELER. German aesthetic and literary criticism: the romantic ironists and Goethe [J]. German Quarterly, 1984 (1): 65.

神境界上遠不及妻子。二人感情上的難以溝通使多羅苔婭陷入苦悶。1797年,當多羅苔婭與比自己小八歲的施勒格爾首次相遇時,二人便一見鐘情。於是多羅苔婭決定結束自己的婚姻,投入施勒格爾的懷抱。他們二人自由結合的消息不脛而走,鬧得滿城風雨,一時之間竟成為一樁社會醜聞。

　　施勒格爾正是以自己和多羅苔婭的親身經歷為原型,以自己的小說理論為指導創作了小說《盧琴德》。但小說絕不是對施勒格爾理論的簡單圖解,而是用創作實踐進一步完善和深化其小說理論,使小說創作和小說理論之間形成了良好的互動關係。被稱為「浪漫派最大膽的小說實驗」的《盧琴德》在1799年5月面世之初就在文學界和社會上引起了軒然大波,這不僅因為小說獨特的藝術形式顛覆了傳統的古典藝術規範,更因為施勒格爾現身說法,大膽直白地探討了婚戀問題,並提出一系列違反常規與習俗的新的帶有浪漫主義傾向的婚戀觀點。小說中大量的「色情」描寫讓施勒格爾聲名狼藉,甚至一度被下令禁止進入漢諾威。

　　從發表之日起,《盧琴德》就遭到無盡的誹謗和誤讀。大多數讀者和評論者或者對小說的形式和結構持譏諷、嘲笑態度,或者從衛道士的角度出發對小說中赤裸裸的肉欲描寫進行指責。狄爾泰曾將這些形形色色的評論用兩個短語來概括:「傷風敗俗的荒淫」和「美學上的怪物」。魯道爾夫・海姆將《盧琴德》稱為「美學的憤慨」和「道德的憤慨」,稍微改變了一下學界和社會對小說的不公評價。隨著時間的推移,人們開始從更多的維度閱讀《盧琴德》,比如認為小說所倡導的「愛的革命」不能代替現實的革命,小說中的浪漫主義式的反資本主義並不能為實際的行動提供指導。以上的種種評價皆源於評論者沒有真正進入小說的藝術層面,沒有看到小說看似混亂的形式、「色情」的內容下施勒格爾為文學革命做出的努力。

　　根據恩斯特・貝勒在《德國浪漫主義文學理論》中的觀點,要真正理解《盧琴德》,我們應首先從小說的藝術結構入手。他認為,正是《盧琴德》獨特的形式和結構才使它脫離了德國教育小說的傳統,使它不再是《威廉・邁斯特》的「枝蔓」。形式上的與眾不同首先表現在,《盧琴德》實際上是一部未完成的小說,1799年發表的只是小說的第一部分。在這已完成的部分中,既沒有完整的故事(如果非要對小說講述了什麼總結二三,那我們可以勉強說,從表面上看,小說主要寫的是一對青年藝術家男女的戀愛故事。男主人公尤利烏斯本過著渾渾噩噩、恍惚消沉的生活,在與女畫家盧琴德相識、相戀、結合的過程中逐漸成長起來,愛情使他的人性得到更全面的發展,藝術技巧更加精湛,更促使他把生活過成藝術),貫穿始終的情節,也沒有對人物形象的

塑造或是對場景的描寫。施勒格爾在形式結構上把小說「弄得一團亂」，在此進行的是一場大膽的關於文體和敘述的實驗——書信、對話、詩歌、抒情、哲學、批評都相互交織在一起。

但從《盧琴德》的整體結構中，我們可以看出施勒格爾旨在創造一種「有形的、藝術式的混亂」，因此作品雖然「混亂但卻有體系」。對於小說的藝術結構，施勒格爾具有清晰的自我認識。在《盧琴德》的開頭是一封尤利烏斯寫給盧琴德的信，以向她表明此刻的愉悅心情。然後行文突然一轉，尤利烏斯打斷了信中的敘說，並自敘為何要在一開始就破壞傳統意義上的「秩序」：為了宣示自己有權為小說創造一種「有魅力的混亂」。他繼而解釋到：「這是非常必要的，因為，我們用一種系統的、漸進的方式來體驗生活和感情，如果我們用同樣的方法來描寫我們的生活和感情則會使我個人獨特的生活變得標準化─和單調，以至於永不會達到它應該和必須達到的，即對高尚的和諧、迷人的愉快中美麗的混亂的再創造和整合。」①

《盧琴德》全篇由十三個部分組成：「尤利烏斯給盧琴德的信」「對世上最美情境的狂熱想像」「小威廉明妮的性格特寫」「魯莽的寓言」「安逸的歡樂」「忠貞與玩樂」「男性的學習時代」「變形」「兩封信」「反思」「尤利烏斯給安東尼奧的信」「向往與和平」「想像的戲耍」。其中第七章「男性的學習時代」是全書的中心，占據最大的篇幅和最核心的地位。其餘的十二章以各六章為一組被平均分配在第七章前後。以第七章為軸線，前後在整體上形成對稱關係。且第七章與其餘章節具有明顯的差異：首先是敘述方式上的不同。處於全書中心位置的第七章在敘述方式上採用的是傳統的平鋪直述，內在條理也比較清晰。這一章主要講述了男主人公從一個混沌過日的青年如何成長為一個成熟的藝術家。圍繞著這一章的前後各六章則具有典型的阿拉貝斯克風格：行文枝蔓旁生，缺乏清晰的情節脈絡。

按照施勒格爾在《論小說的信》中的說法，「阿拉貝斯克」和「自白」／「懺悔」是浪漫主義作品最重要的特徵：阿拉貝斯克是除自白之外，我們時代絕無僅有的浪漫的自然產品。② 施勒格爾因而將盧梭的《懺悔錄》視為一部出類拔萃的小說。如果說，前後的各六章滿足了浪漫主義小說對阿拉貝斯克風格的訴求，那中間的一章則體現了施勒格爾對浪漫主義文學「自白」／「懺悔」

---

① PETER FIRCHOW. Friedrich Schlegel's Lucinde and the fragments [M]. Minneapolis: University of Minnesota Press, 1971：45.
② 施勒格爾. 浪漫派風格──施勒格爾批評文集 [M]. 李伯杰，譯. 北京：華夏出版社，2005：207.

特性的強調。另外是敘述角度和敘述聲音上的不同。在前面的各六章中我們實際聽到的是兩種聲音，是尤利烏斯和盧琴德之間的對話；而第七章則是從第三者的角度描述尤利烏斯的生活。第七章「男性的學習時代」在全書中的特立獨行更明確地證明了該小說是以第七章為中心被劃分成了前後對稱的兩組。因此，在小說看似混亂的表象下實則是一個成熟的阿拉貝斯克結構，小說實現了「無形式的形式」「無體系的體系」。

由「浪漫詩」所代表的審美原則（以《盧琴德》為典範）正是以「創造性原則」反對「藝術模仿自然」的古典原則，而與傳統之美拉開距離，開啓了歐洲文學的現代性。施勒格爾兄弟的研究者繆勒認為由浪漫派所開啓的「文學革命」中最重要的一點就是促進藝術由「再現/模仿」到「創造/表現」的轉變。在此之前，文學藝術只是對客體的逼真模仿，客體相對於藝術主體具有絕對的權威性。「『再現』基本上是從柏拉圖和亞里士多德處延續下來的古典原則，在數個世紀中這一原則雖然被一再重述，但直到18世紀晚期一直主導著西方的文學思想。『再現原則』的主旨思想是文學藝術的任務在於再現和模仿一個給定的現實。根據這種理論，文學被視為再現或是模仿。」①

古典美學領域中雖然在「文學即是再現」這一原則下對文學藝術有不一樣的理解，如柏拉圖強調詩人的迷狂狀態；亞里士多德認為詩比歷史更具有哲理性；朗吉努斯在詩歌的崇高效果中尋求人類精神的提升等，但這並不妨礙我們從總體上將古典美學定義為一種追求再現的美學，因為古典美學始終以文學之外的外部真實世界為導向。而德國浪漫派對此闡發了全新的觀點：文學藝術是人類心靈、想像力自由創造的產物。藝術家雖然仍然從其周遭的環境中獲取素材，但藝術家會對這些素材進行獨創性的處理，從而創造出一個不同於現實世界又具有獨立意義（擁有自己的時空秩序和真理形式）的藝術世界。在這種創造下，詩人將不同的因素統攝在一個整體中，將混亂的、多樣性甚至相反的因素融合在一起，直到它們成為一個有結構的、連續的整體。根據早期浪漫派的觀點，藝術作品是有意識的藝術才華的產物，詩人絕對控制著他的創造物。② 而這正契合了施勒格爾在《盧琴德》第一部分中對藝術家有權利製造「有魅力的混亂」的主張。

從內容上看，《盧琴德》的主題是婚戀。施勒格爾借小說探索了愛情和婚姻的真諦，提出了有違世俗觀點的婚戀觀。按照施勒格爾在《盧琴德》中的

---

① ERNEST BEHLER. The origins of the romantic literary theory [J]. Colloquia Germanica, 1968, 2 (1): 109-126.
② ERNEST BEHLER. The origins of the romantic literary theory [J]. Colloquia Germanica, 1968, 2 (1): 109-126.

描述，真正的愛情具有改變一個人人生軌跡的神聖力量，是精神與感官、靈與肉的完美結合，將「友誼、美好社交、性感和激情」融合為一體。施勒格爾用「精神的色情」和「性感的至福」這樣混合、矛盾的詞句來象徵性地指稱這種愛情，將人生詩意化、情愛浪漫化。小說中男女主人公的結合與施勒格爾、多羅苔婭的結合一樣因沒有締結法律上的關係、沒有經歷世俗的登記程序而實際上是一種自然結合。施勒格爾認為這種建立在雙方相互理解、相互信仰基礎上的婚戀，比起傳統意義上雖經過社會認可、擁有合法手續但缺乏靈魂交流的世俗婚姻更為完美。施勒格爾在《盧琴德》中犀利地揭露了世俗婚姻「合法」外衣下的「交換」實質：男人迎娶女人是看中了女人的色相，而女人嫁給男人則多半是因為對方的財富和社會地位。在《盧琴德》中施勒格爾提出了一種新型的「浪漫主義婚姻觀」：真正的婚姻是一種道德關係，是雙方都將對方看成整體靈魂和人格不可或缺的部分。施勒格爾在其中涉及了婦女地位問題，他對要求婦女永保貞潔、不需要文化教養的社會教條進行了強烈的譴責，認為婦女應擺脫陳規陋俗、道德偏見的束縛，擺脫沒有清白而強求清白的假正經，展現自己最本性的特徵，追求一種自然而高尚的生活方式。

　　如果將《盧琴德》作為浪漫派的綱領和宣言來看，我們會發現，施勒格爾「在一個很小的篇幅裡，匯集了浪漫主義運動的一切觀點和口號，使得原來分別表現在許多人身上的一切傾向，在本書中從一個中心點扇形地擴展開來」①。其中最為基本的思想是表現了浪漫派的將人生浪漫化和詩化的理想。「這一點最清楚、最明白地表現在性愛的熱情中，因為那種熱情能給予精神的感覺一種肉欲的表現，同時又能把肉欲加以精神化。它所要描寫的，就是現實生活如何化為詩、化為藝術，化為席勒所謂的精力的自由『游戲』，化為一種夢幻式的永遠使憧憬得到滿足的生活。」②《盧琴德》的基本思想就是在這種靈肉一體的愛情中，人性能夠復歸它原本的神性狀態。在浪漫派烏托邦式的婚戀觀中展示的是一個新的世界，一種新的人性，小說實現了從貪婪、實用、功利的現實世界到自然、健康的詩意狀態的過渡。如尤利烏斯給盧琴德的信中所提到的，愛是人生的實質，正是愛促進我們成為真正的、完整的人；只有通過愛、通過愛的意識，人才成其為人。此時，個體的愛被泛化為一種趨向於神性的信仰，愛成為世界浪漫化的終極依據。

---

　　① 勃蘭兌斯. 十九世紀文學主流·德國的浪漫派 [M]. 劉半九, 譯. 北京：人民文學出版社，1981：65.
　　② 勃蘭兌斯. 十九世紀文學主流·德國的浪漫派 [M]. 劉半九, 譯. 北京：人民文學出版社，1981：64.

第八章　弗·施勒格爾的反基礎主義哲學與美學

以弗·施勒格爾為首的德國早期浪漫派開啓了思想上的轉變，在這種轉變之後人們「不再相信世上存在著普世性的真理、普世性的藝術正典；不再相信人類一切行為的終極目的是為了除弊匡邪；不再相信除弊匡邪的標準可以喻教天下、可以經得起論證；不再相信智識之人可以運用它們的理性發現放之四海皆準的真理」[①]。施勒格爾及其同仁的反基礎主義哲學立場正是產生這一轉變的思想源頭。藝術與哲學的合一，運用反諷、隱喻、對話、斷片等形式認識無限的、流動的世界，將「浪漫詩」視為「漸進的總匯詩」等也都是這一基本立場的理論衍生，施勒格爾對古今的看法與態度也自然脫離不開反基礎主義這一理論框架。只是長時間以來，施勒格爾及浪漫派的哲學、美學價值一直被忽略，對於浪漫派的諸多誤解也就由此而生。

一、對浪漫派哲學價值的澄清

用諾瓦利斯的話來說，德國古典哲學是發生在哲學領域的浪漫主義運動，浪漫主義則是審美化了的唯心主義。德國古典哲學盛行的年代正是浪漫主義蓬勃發展的時候，浪漫主義不僅與德國古典哲學結下了不解之緣，還在對其的繼承與更新中找到了自身的哲學基礎。以弗·施勒格爾為首的德國早期浪漫派不僅具有堅實的哲學理論功底，甚至其美學思想也可以作為其哲學思想在藝術領域的延伸。但令人遺憾的是，長久以來，德國浪漫派更多的是被視為一場文學運動而得到廣泛接受與研究。

研究施勒格爾的權威學者恩斯特·貝勒就是一例僅限於研究德國浪漫派文

[①] 以賽亞·伯林. 浪漫主義的根源 [M]. 呂梁, 等譯. 南京: 譯林出版社, 2008: 20.

學價值的典型。貝勒雖然在其著述中記錄了施勒格爾所接受的哲學影響及其「詩與哲學合一」的觀點，但並未詳細深入地分析施勒格爾的哲學觀點，甚至斷言施勒格爾無意於哲學研究。在《德國浪漫主義文學理論》一書中，貝勒批駁了將德國早期浪漫派簡單地視為是歌德、席勒古典主義以及觀念論的派生產物這一流行觀點，認為這樣的簡化只會模糊研究對象本身的複雜性。但貝勒同時明確指出：早期浪漫派的態度清楚地表明其對哲學歷史、知識的哲學內容、哲學化及思想體系鮮有興趣。取而代之的是，它遠離這些哲學興趣，致力於藝術、詩歌和文學。①

恩斯特·貝勒關於施勒格爾及德國早期浪漫派的研究雖然在挖掘德國浪漫派文學成就方面有重要成果，但同時也為之後的浪漫派研究定下一個基調，即把這場運動的內涵和意義縮小到了文學範圍。而作為一場文學運動，浪漫主義時常被置於這樣一種尷尬境地：過分強調非理性力量，因此是每一個擁有健康精神的人應避開的「病態運動」，甚至被視為打開納粹主義的潘多拉魔盒。

重新發掘德國浪漫派的美學和哲學價值是破除誤解、還原浪漫派真相的唯一途徑。弗雷德里克·貝瑟將把浪漫派視為一種文學運動的流行觀點視為一場災難，認為這對早期浪漫派的研究造成了不利影響。首先是哲學家們忽視了浪漫派的理論價值；其次，浪漫派成為文學家們的專業領域，浪漫派超出文學範圍的意義如認識論的、倫理的、政治的等意義則不被討論。與對浪漫派的傳統解釋相對，貝瑟指明，「浪漫詩」是德國早期浪漫派非常重要的概念：

它不僅指涉文學，同時指涉所有藝術和科學，不能將其僅限在文學意義上，它同時可應用於雕塑、音樂和繪畫上。此外，它不僅用於藝術和科學，更應用於人類、自然和國家。早期浪漫派的美學旨在將世界浪漫化，這樣一來，人類、社會和國家就能變為藝術作品。②

貝瑟認為，在施勒格爾的美學世界裡，「浪漫詩」能起到將哲學、詩歌、科學以及人類社會整合為一的作用，是浪漫派渴慕無限及統一的表達。思想家如迪特·亨利希強調荷爾德林對德國早期浪漫派的理論貢獻，並研究德國早期浪漫派思想家與當代哲學思潮之間的關係。曼弗雷德·弗蘭克詳細探討了浪漫主義文學運動的哲學基礎，並在德國早期浪漫派運動與當代分析哲學間找到了某些思想聯繫。

---

① ERNST BEHLER. German romantic literary theory ［M］. Cambridge：Cambridge University Press，1993：3.

② BEISER F. The romantic imperative：the concept of early German romanticism ［M］. Cambridge，MA：Harvard University Press，2003：7.

各國思想家的深入研究，逐漸還原了弗·施勒格爾與德國早期浪漫派的反基礎主義哲學、美學立場，使浪漫主義不再僅僅是一場非理性的文學運動，終結了浪漫主義即是病態、狂躁、反理性、空想等的「污名化」歷史。只有在此思想背景下，我們才能正視弗·施勒格爾的哲學道路與美學理想。

二、形成施勒格爾反基礎主義立場的思想背景

　　從古希臘開始，基礎主義一直都是西方哲學的主流，它意指這樣一種信念：我們的知識、真理、理性總是建立在一個絕對的、永恆的、非歷史的基礎或原則之上，所有的哲學體系都是在努力尋找這種基礎並為其提供強有力的理論支撐。它以還原論式的方式將世界建構在一個絕對的理性基礎上，試圖為人類提供唯一的行為準則。這一基礎在柏拉圖處是「理念」、在笛卡爾處是「我思」、在康德處是「先驗自我」……即便這些基礎各不相同，它們都共同反應出思想家們尋找終極真理和終極答案的不懈努力。

　　基礎主義強調世上存在某種終極答案和近乎絕對的、不言自明的、毫不動搖的真理。人們可以通過不斷完善自身的理性來獲得絕對知識。一旦人們掌握了這種絕對知識，就可以為世界創造出理性的秩序，一勞永逸地將一切苦難、愚昧、罪惡清除殆盡。與此對應，所有得不到解答的問題只能是問題本身的問題，即便由於理性的局限我們現在不能發現真理，未來也必將發現真理，因為根本不存在無解的問題，所有的答案都必定是可知的。基礎主義者從第一原則推演出整個世界，認定在追求終極真理過程中獲得的所有問題的答案都必須是互相兼容的，即在邏輯上所有正確答案之間必不會彼此衝突和矛盾，而所有真理的發現最終都指向人類的理想社會。這些哲學家們相信世上存在一個完美的模式，只要我們憑藉這一模式，就能將人類從無知和蒙昧中徹底解脫出來。但毫無疑問的是，這些模式通過嚴格的邏輯推理、數理演算將人類經驗公式化、單一化，重新成為了奴役人類的枷鎖，從最初的解放者演變為另一種意義的壓制者和獨裁者。而將一切阻礙都留待唯一之真理來解決的願望最終毀滅了尋找它的人類自身，狠狠擊碎了想要為世界提供唯一統一性回答的迷夢。

　　弗·施勒格爾同樣對哲學的第一原則、知識的絕對基礎進行思考，但他對將世界建立在絕對、單一的理性原則上的基礎主義表示懷疑，並認為如果缺乏形成知識的思想、歷史背景，哲學本身便無法成立。施勒格爾這一思想是在對雅可比、門德爾松、萊因霍爾德、費希特等人的批判中逐漸形成的。

18世紀末，主流哲學家們紛紛加入哲學的基礎何以成立這一問題的討論，一時之間聚訟紛紜。雅可比與門德爾松之間就萊辛是否是一個斯賓諾莎主義者展開了激烈的爭論，爭論的真正核心為：是理性還是信仰構成人類知識的基礎。雅可比挑戰了啓蒙運動的理性主義信條，認為我們的知識大廈必須以信仰為基準。雅可比的論證建立在他的知識觀上：他從因果關係中理解知識，並指出，如果我們要知道 A 就必須瞭解形成 A 的原因，尋找 A 的原因勢必將我們引向 B，於是我們又開始尋找 B 的原因，這樣無限追溯，直到我們找到所謂的第一原因或沒有原因的原因。但同時我們又無法解釋這最終的沒有原因的原因，因為要理解它我們必須要找到它的原因並闡釋之，而我們無法處理一個沒有原因的原因。因此，雅可比認為，「知識建立在一項我們能理解的絕對原則上」這一觀點是極其荒謬的，他根據自己對知識的理解指出其中存在的悖論：如果第一原則可以被認知，則它是有原因的，那它必不是第一原則；相反，第一原則就不可知。所以在尋找知識體系的第一原則的努力中，存在著無限且徒勞的回溯與倒退。於是雅可比主張，「我們應放棄在理性的基礎上建構哲學的第一原則，而應將理性作為一種信仰來接受」①，即知識根基於一些不證自明的原則上，我們要做的不是去論證它而是相信它。如雅可比在一封寫給門德爾松的信中所言，「我們生於信仰，必將活在信仰中」。而在門德爾松看來，理性始終是知識無可爭議的基礎。

同樣是承認絕對的不可知性，弗·施勒格爾並未加入雅可比的陣營。施勒格爾批判啓蒙理性計劃的缺陷，同時也看到以非理性為武器對啓蒙運動進行反駁所帶來的嚴重後果，他對啓蒙理性的懷疑從本質上講不是對理性完全拒絕，而是試圖對之進行修正和完善。因此，施勒格爾並不讚同雅可比用信仰代替絕對理性並將其作為哲學真正起點的做法。

在《斷片集》第 346 則中，施勒格爾寫道：「哲學家當中受到推崇的冒險之舉，常常不過是一場虛驚而已。他們在思想中飛快地助跑，危險過後還乞求好運。然而只要稍微仔細看一看，他們其實總是待在原地，寸步未移。這就是堂·吉訶德騎木馬的空中旅行。我覺得，雅可比雖然永遠也靜不下來，但總還是不離他的所在半步，即在系統的、絕對的斯賓諾莎和萊布尼茨兩種哲學的夾縫之間。這裡，他柔和的精神被擠出了點傷。」②

---

① ELIZABETH MILLAN-ZAIBERT. Friedrich Schlegel and the emergence of romantic philosophy [M]. Albany: SUNY Press, 2007: 55.

② 施勒格爾. 浪漫派風格——施勒格爾批評文集 [M]. 李伯杰, 譯. 北京: 華夏出版社, 2005: 92.

施勒格爾筆下具有冒險之舉的哲學家正是雅可比。雅克比的冒險之處在於：信仰一旦作為知識的基礎，知識將不再向外面對現實世界，而是向內轉，無限誇大人的主觀性，如此便將哲學演變成一場「空中旅行」。施勒格爾不僅指出雅可比理論的個人化傾向，反對雅可比將真理主觀化；同時還指出雅可比在處理理性與信仰關係上所犯的二元主義錯誤，他既不贊同雅可比將知識與信仰一分為二，也不贊同他對二者的協調。雅可比試圖翻轉理性相對於信仰占優勢的傳統格局，可在施勒格爾看來，信仰與知識並沒有絕對的對立，雅可比的理論並沒有從根源上打破理性/信仰的傳統二分。

施勒格爾對雅可比的批判揭示出：雖然他否定了為哲學建立第一原則的可能性，反對傳統的基礎主義哲學，但他並沒有拋棄「理性是知識的根基」這一信念，他仍是理性的。施勒格爾將哲學與知識看做一個永不會完成的過程，反基礎主義就是要突顯出哲學內在的不完整性，並將哲學未完成的使命交由藝術與詩歌。

賴因霍爾德對建立哲學第一原則的思考，舒爾茨、費希特對其的批判以及前者對批判的回應同樣起到了塑造施勒格爾反基礎主義浪漫思想的作用。賴因霍爾德是一個典型的基礎主義哲學家，他認為嚴格意義上的哲學應建立在一個單一的、絕對的、無條件的且具有自我有效性的原則之上。而第一原則的自我確定性正是建基於其上的整個哲學體系的科學性的保障。賴因霍爾德在其「基本哲學」中將「意識原理」作為哲學的最高原理，並提出在「意識原理」中，統攝所有意識狀態的表象是哲學的最高範疇。他認為表象與主體、客體既相互區別又相互聯繫，且表象是聯結主客體的核心因素。在賴因霍爾德的哲學體系中，表象本應是優先且獨立於主體的存在，但在他的具體表述中卻產生了理解的悖論：一方面，如果是主體使表象的結構成為可能，那在表象與主體的關係中則是主體占優先地位；另一方面，如果為了保障表象的絕對地位而將之視為先於主體的原初存在的話，那「意識原理」只是主體對先行存在的表象進行的活動，這樣一來，作為不證自明的第一原理的合法性便不能成立。

賴因霍爾德的「意識原理」同時遭到舒爾茨與費希特的批判，但二者得出的結論卻截然不同。懷疑論者舒爾茨指出賴因霍爾德既然主張表象的結構是被制定出來的，在此就預設了一個積極的主體，因此揭示了賴因霍爾德原理中的矛盾之處。同時，舒爾茨認為賴因霍爾德的意識理論並不能解釋意識的某些基本活動，如直覺。他借埃奈西德穆之口說道：「在基本哲學中的表象能力只能理解那些『與主、客相關又區別於二者』的表象……但它不能建立任何與

主、客無關的表象。」① 如果第一原則不能解釋全部的意識活動，那它根本不能被視為第一原則。對於舒爾茨來說，賴因霍爾德的矛盾只能證明尋找第一原則的不可能性。

隨後，賴因霍爾德在《關於糾正過去哲學中的誤解》中正面回應了舒爾茨的批評：「舒爾茨會發現，他不希望局限在我先前為基本哲學設立的基礎中，這同樣也是我的願望。」賴因霍爾德在此時開始意識到任何為哲學建立第一原則的努力都是徒勞的，但他並未就此轉向懷疑主義，他堅信雖然「意識原則」不是第一原則，卻是人類知識的基本事實，哲學的基礎和起點不是某項原則而應是意識事實。

而對於費希特來說，哲學必須建立在第一原則上，「賴因霍爾德的失敗僅僅意味著哲學的第一原則不能是意識命題，比表象更基礎的範疇應該被找到」②。費希特認為主體的重要性不僅在於它是一個思考的主體，更在於它是一個行動的主體。所以費希特的觀念論從一個自我設定、自我創造的「自我」開始，以行動而非意識作為哲學的根基：「如果哲學從事實開始，那它將會使自己沉沒在存在及有限的世界裡，很難導向一個無限的、超驗的世界。但是，如果哲學以行動開始，它會發現自身處於將兩個世界聯結起來的關節點上，並能對二者進行觀察。」③

施勒格爾在賴因霍爾德、舒爾茨和費希特的論爭中始終保持自己的獨立立場。他認為，哲學既不是植根於信仰，也不是從第一原則演繹而來，不管這第一原則是賴因霍爾德的「意識原則」「意識事實」，還是費希特的「行動」，哲學不從任何一項單一的原則開始，它始於至少兩項原則間的互動關係。為此，施勒格爾提出「交替原則」，並將其作為哲學的基本原則，一方面為由單一基本原則演繹而成的哲學系統尋找另一種合法性保障，另一方面保留了哲學基礎的變化和活力，試圖避免單一原則的專制和獨斷。經過不斷的思考和打磨之後，施勒格爾終於在 1797 年刊於《文學匯報》上的評論中首次公開發表了他的反基礎主義哲學觀。

---

① ELIZABETH MILLAN-ZAIBERT. Friedrich Schlegel and the emergence of romantic philosophy [M]. Albany：SUNY Press, 2007：66.
② ELIZABETH MILLAN-ZAIBERT. Friedrich Schlegel and the emergence of romantic philosophy [M]. Albany：SUNY Press, 2007：70.
③ FICHTE. Introductions to the Wissenschaftslehre and other writtings [M]. Indianapolis：Hackett, 1994：51.

三、施勒格爾的反基礎主義哲學

在給諾瓦利斯的信中,施勒格爾把發表在《文學匯報》上的評論視為他在哲學上的首次公開亮相:

> 對於尼特哈默爾《哲學雜誌》的評論文章我非常滿意,不是因為它受到了好評,而是因為通過這篇文章我清楚地意識到自己的哲學意圖。那的確是我想要為之努力的:而於此是尼特哈默爾而非費希特能理解我。……這是我首次登上哲學舞臺……我發現以前寫的東西都太孩子氣。①

18世紀末,除了舒爾茨、弗·施勒格爾,還有尼特哈默爾主編的《哲學雜誌》對哲學第一原則的有效性與可靠性提出質疑。尼特哈默爾指出創辦《哲學雜誌》必須遵循兩點:一是堅持對基礎主義的懷疑態度;二是用尼特哈默爾的術語來說,需要實現哲學理性與普遍知性的協調。《哲學雜誌》對哲學本身的性質和任務進行批判與反思,提出諸多待哲學家思考的問題:如果哲學的第一原則不成立或哲學並不基於絕對的第一原則,那麼哲學本身還有何價值?如果哲學不以絕對原則為奠基,而是以普遍知性為開端,那麼它是否能成為科學?尼特哈默爾雖然斷定知識的絕對最高原則是抽象的、無用的、不能成為知識的構成性部分,但對它的「尋找」本身卻能促進哲學的統一,「不僅為所有知識提供基礎(外部統一),且能鞏固知識的每一個分支(內部統一)」②。

在尼特哈默爾看來,哲學的目標和任務就是為所有的知識創建一個統一的系統,而為了實現這一目標,對第一原則的尋找本身是必要的,第一原則只有作為範導性原則才能產生積極的哲學效果。在一系列的討論中,尼特哈默爾認為哲學不以絕對、抽象原則為基礎,而以常識(普遍知性)為基礎,證明常識的普遍性和必要性正是哲學家們首先要解決的。雖然施勒格爾非常讚同尼特哈默爾對第一原則的懷疑態度,但並不支持後者將常識作為哲學真理的標準。至此,施勒格爾的反基礎主義哲學已大致成形,他從以下這幾個方面既拒絕哲學的基礎主義,同時又並不摧毀哲學大廈的理性根基。

---

① MAX PREITZ. Friedrich Schlegel und Novalis: Biographie einer Romantikerfreundschaft in ihren Briefen [M]. Darmstadt: Hermann Gentner Verlag, 1957: 84.

② ELIZABETH MILLAN-ZAIBERT. Friedrich Schlegel and the emergence of romantic philosophy [M]. Albany: SUNY Press, 2007: 101.

（1）反對非歷史的哲學模式。施勒格爾將哲學的內容和形式視為無限的，認為哲學不能由單一原則所限定。「哲學的實質是尋找知識的統一性，這就需要拒絕所有武斷的假設、自相矛盾的觀點。因此，懷疑主義、經驗主義和神祕主義僅是非哲學的哲學化形式。」① 施勒格爾之所以將懷疑主義、經驗主義、神祕主義視為教條式的非哲學，原因就在於它們以絕對、武斷的原則作為理論的基石，這會使真理與知識片面化、狹隘化。從某單一的絕對原則出發的知識最終會陷入自相矛盾中而無法自拔。在施勒格爾看來，絕對本身的不可知性是產生自相矛盾的根源，任何想要限定絕對的企圖最終都是無效的，勢必陷入既存在「絕對」又存在「絕對的知識」的兩難境地。

總之，施勒格爾認為這三類哲學只能算作哲學上的一系列錯誤：懷疑主義懷疑一切之後只能調轉矛頭指向自身，解構自身；神祕主義忽略歷史，不能提供任何關於世界的知識；經驗論者是迴歸歷史和世界的現實主義者，但其從經驗出發將哲學限定為一種實踐活動。如果懷疑主義增加歷史維度，神祕主義關注現實世界，經驗主義不拘於有限世界，這些錯誤就能夠避免。

對於施勒格爾而言，哲學既然是無限的，那任何從單一原則進行演繹的哲學體系必將無可避免地走入死胡同。哲學遠不是一項演繹的科學，將自身精確化為科學更不應是哲學的目的。施勒格爾認為，神祕主義、經驗主義、懷疑主義本身並沒有內在的致命缺陷，只是它們囿於自己的體系而忽略了其他哲學體系的意義與價值。每一個哲學家的確必須建立自己獨特的體系，以此才能做出自己的哲學判斷、進行哲學辯論，我們也必須從這一獨特的體系出發開始整個知識結構的建構，但是施勒格爾提醒我們注意，如果僅僅如此我們必將再次走上錯誤的老路。哲學須基於多項原則而非單一原則，某一獨特的體系必須與其他體系多元共存，共同書寫哲學歷史方能永絕基礎主義專制獨裁的後患，這就是施勒格爾關於哲學的整體論觀念，實現了從基礎主義的「非歷史」向哲學批判的「歷史」之維的轉折。

對於體系與非體系間的矛盾，施勒格爾曾說過：「有體系和沒有體系，對於精神都是同樣致命的。精神應當下決心把二者結合起來。」② 弗雷德里克·貝瑟這樣解釋施勒格爾的兩難：「一方面，有體系是危險的，因為它會為研究設立武斷的限制，為事實強加一個人為的秩序；另一方面，有體系又是必要

---

① ELIZABETH MILLAN-ZAIBERT. Friedrich Schlegel and the emergence of romantic philosophy [M]. Albany: SUNY Press, 2007: 114.

② 施勒格爾. 浪漫派風格——施勒格爾批評文集 [M]. 李伯杰, 譯. 北京: 華夏出版社, 2005: 66.

的，因為對於知識總體來說，統一與內在連貫是很重要的，只有在體系的語境下，一項命題才能被證實。」① 貝瑟對統一、連貫性的強調很好地說明了施勒格爾的理論意圖。施勒格爾的反基礎主義立場不僅拋棄了康德哲學的非歷史模式，即便是被施勒格爾稱為「最偉大的時代傾向」的費希特在他看來也並非是嚴肅對待哲學歷史的哲學家（康德、費希特等基礎主義者都認為存在一個能發現真理的單一、永恆體系）；而且反對將哲學體系建立在單一原則上的傳統做法，並將哲學視為一個由體系的多樣性構成的歷史整體，其中每一單獨的體系從來不是自我完備的，永遠都只是知識體系整體中的一部分。

施勒格爾認為，如果缺乏歷史視角，哲學家只會根據自己的哲學體系判斷其他體系中的命題，而缺乏對自身的批判，也正是出於此施勒格爾才將康德稱為「半批判哲學家」，因為他只能在自己的體系中主張哲學的科學性與合法性。換言之，任何一個單一的哲學體系都無法為絕對真理斷言，因此其他哲學家的理論貢獻、整個哲學傳統的價值就突顯了出來。在施勒格爾這裡，哲學似乎不像是抽象的科學研究，而更像是對一系列思想進行批判的歷史研究。

（2）提出「交替原則」。施勒格爾的反基礎主義瓦解了哲學的第一原則這一根基，認為只有通過「交替原則」才能構建哲學大廈，他直言：「在我的體系中，『第一原則』就是交替原則。」② 施勒格爾認為，任何一項原則都不能引導我們走向真理，這並非因為不存在真理，而是因為第一原則的使用本身只能造成矛盾和錯誤。我們需要的是交替原則，即至少兩個觀點、原則、概念之間的相互作用，施勒格爾以此強調觀點之間的相互支撐，而不是一方壓制另一方的專橫。

基礎主義忽略差異性、多樣性，尋找唯一性，不僅使紛繁的世界單一化、僵化，更成就了權威話語的霸權神話。施勒格爾的交替原則，其實質就是要打破基礎主義的獨斷，主張開放與多元。這一原則源於施勒格爾對世界與哲學本質的看法：現實是不斷變化的整體，因此對其進行研究的哲學不應以封閉的系統犧牲活的、變化的現實，它是漸進的、永不完成的過程，絕對的不可知性決定了哲學具有內在的不確定性，這就徹底粉粹了基礎主義者的美好構想：他們總是對世界上唯一、最終的真理孜孜以求，並堅信無論經歷多少曲折、付出多少代價，人類終將發現這最後的真理，並憑此實現理想的社會。而施勒格爾告

---

① BEISER F. The romantic imperative: the concept of early German romanticism [M]. Cambridge, MA: Harvard University Press, 2003: 126.

② ELIZABETH MILLAN-ZAIBERT. Friedrich Schlegel and the emergence of romantic philosophy [M]. Albany: SUNY Press, 2007: 135.

訴我們，世上根本不存在唯一的真相和模式，有的只是多重價值之間的衝突與共存。

（3）哲學「從中間」開始。施勒格爾認為以「交替原則」為基礎的哲學需要「從中間」開始：

不僅是交替原則，而且交替觀念奠定了哲學的基礎……因此，哲學必須像史詩一樣從中間開始，不能被一部分一部分地分開來表現……它是一個整體，理解它不是通過直線而是通過圓圈，這一所有科學的科學整體上必須從兩種想法、原則、觀念、直覺中推演出來。①

哲學「從中間」開始，至少包含了以下幾層含義：第一，施勒格爾在尋找統一全體知識的途徑。交替原則是一個開放的結構，它使哲學同時涉及現實、意識、有限、無限，避免了我們從單一視角斷言絕對真理。以施勒格爾為代表的德國早期浪漫派一直在試圖調和唯心主義與現實主義，認為「唯心主義和觀念主義都是單一的視角，是既正確又錯誤的，當它們是整體的一部分時是正確的，各自為政時就是錯誤的。如果自然是有機整體，我們不能說在唯心主義中它就完全是內在的意識，或在現實主義中它就完全外在於意識」②。而將這兩極均放置於更大的知識整體中，從這兩極的「中間」也許能找到接近真理的方法。第二，強調哲學、詩歌的融合。第三，世界是一個完整的統一體，必須從整體上把握，允許在世界整體中存在著見解、觀點的多樣性，如此才能展現大千世界的紛繁複雜。

傳統的看法總是將德國早期浪漫派對非理性、幻想、變化的讚揚和「回到中世紀」的口號簡單地視為對啟蒙理性的反動。但如施勒格爾所表述的，浪漫派並不反對理性，他們反對的是將理性絕對化、教條化的理性主義，他們並不認為理性與情感存在絕對的對立，而旨在促進二者的協調發展。施勒格爾強調多樣性、變化、生機、創造，如康德一樣承認理性本身的局限性，認為既然無限的真理不能通過哲學理性實現，那具有反諷、隱喻功能的藝術就成為接近無限的唯一方式。施勒格爾後來逐漸發展起來的「浪漫詩」美學理想也正是他對哲學和美學的傳統地位產生質疑後的必然結果。

---

① ELIZABETH MILLAN-ZAIBERT. Friedrich Schlegel and the emergence of romantic philosophy [M]. Albany：SUNY Press, 2007：135.

② BEISER F. The romantic imperative：the concept of early German romanticism [M]. Cambridge, MA：Harvard University Press, 2003：149.

四、施勒格爾的反基礎主義美學

施勒格爾認為,世界是開放的、流動的、無限生機的,因此傳統的基礎主義哲學既缺乏對自身的批判,又不可能把握世界的完整性,它只能在自身理論錯誤的無限循環中走向終結。傳統哲學終結的地方,藝術就開始了它的使命:

哲學在哪裡終結,詩就必然在哪裡開始。一個共同的觀點、一種只有在藝術和文化教養的對立之中才自然的思維方式、一個僅僅是生命的生命,是不會存在的。這就是說,不應該設想存在一個處在文化教養的界限之外的野蠻的王國。有機體中每一個思維著的肢體,在整體關係上感覺到自己的局限,卻不無整體內的統一。譬如,不應當用非哲學,而應當用詩來與哲學對抗。①

用詩的開放結構、隱喻、多元駁雜來對抗傳統哲學的單一性、抽象性也許是拯救哲學的唯一方式,哲學只有借用與詩一樣的思維方式才能從整體上把握變動、無限的世界。因此,施勒格爾不是取消了哲學的資格,而是在消除傳統哲學理論基礎的前提下為哲學設立新的任務,賦予哲學新的本質:哲學不再僅僅是理性的、邏輯的科學,它建立在「交替原則」上,因此它在內容與形式方面都是有機的、無盡的。施勒格爾重造了知識的結構,將詩與哲學合一:

詩和哲學乃是一個不可分割的整體,儘管她們難得聚首,卻永遠聯在一起,就像卡斯托爾和波魯克斯那樣。就連偉大、崇高的人性中最邊遠的領域,她們也不是獨吞,而是共同分享。她們行走的路線雖然各不相同,卻匯總在中心。在這裡,在這個最內在、最神聖的地方,精神是完整的,詩和哲學完全融為一體,不可能是僵化的恒定性,人的統一就存在於友善的交替更迭之中。②

施勒格爾的反基礎主義哲學立場打破了傳統哲學的封閉格局,使它與藝術攜起手來。正是在這樣的理論訴求下,運用了斷片、反諷、對話等形式的「浪漫詩」才最終能夠成為綜合了藝術與哲學、社會與人生的美學理想。

在美學上,施勒格爾及浪漫派反對古典主義文藝教條,追求風格的雜糅、開放的結構,以戲謔、反諷為重要的藝術形式,走向了反基礎主義美學。打破藝術門類的界限、追求風格多樣化的例子在浪漫派中俯拾皆是。施勒格爾就曾

---

① 施勒格爾.浪漫派風格——施勒格爾批評文集[M].李伯杰,譯.北京:華夏出版社,2005:112.
② 施勒格爾.浪漫派風格——施勒格爾批評文集[M].李伯杰,譯.北京:華夏出版社,2005:159-160.

直言要把宣揚浪漫主義世界觀之陣地的《雅典娜神殿》辦成涉及藝術科學一切領域的百科全書。實際上,《雅典娜神殿》也實現了施勒格爾倡導的這種多樣性,它將詩歌與散文、文學與哲學、幽默與趣味、智性與詩情融合在一起,使浪漫詩成為包羅萬象的文學形式。海德堡浪漫派刊物《隱士報》在內容上不拘一格,兼有詩文創作、文學評論、翻譯作品、諷刺小品、戲劇節選等。在文學創作,尤其是在長篇小說創作中,浪漫主義者做了大膽的嘗試,挑戰了傳統的古典主義文學形式。瓦肯羅德的代表作《一個熱愛藝術的修士的內心傾述》是早期浪漫派的綱領性文學作品,它在名義上是一部小說,卻結構鬆散,將短篇小說、散文、文藝評論等多種文藝形式雜糅於一爐。

施勒格爾的小說——「浪漫派最大膽的小說實驗」——《盧琴德》在藝術形式上獨樹一幟,它沒有完整的故事情節,且伴有大量的回憶、夢幻、對話、哲學討論等內容,形式上的混亂服務於整體上的系統性,它們從不同角度、不同層面深化小說主題,像圍繞著磁石的鐵屑,看似自由、各不相干,實則卻逃離不開「磁石」這一敘事主幹。這種形式上的凌亂、整體上的有序被稱作「阿拉貝斯克」。各種形式、體裁、風格的混雜交錯是浪漫派的美學追求,是破除古典主義戒律後所創立的新的理論成果,也是施勒格爾及追求多元化的浪漫派反基礎主義哲學立場對美學的影響。

施勒格爾從他的「體系」觀念出發,即真正的體系拒絕封閉、僵化、固定,追求自由、無限,是一種無體系之體系,主張藝術的開放結構,把斷片和反諷視為逐步接近無窮無盡之理想的途徑。施勒格爾不僅偏愛斷片,且擅長寫斷片,一生所作斷片浩如菸海。奧·威·施勒格爾在提到胞弟的成就時就說:「我也認為我弟弟的評論是有成績的,他寫的這些只言片語,遠遠勝過長篇大論,正如他的斷片勝過論文,他自造的詞彙好於斷片一樣。歸根究柢,他的全部天才陷入了神祕的術語之中。」斷片是施勒格爾闡明其美學思想的主要形式。思想對於施勒格爾來說是靈活的、無窮的,任何寫在紙上固定下來的語言都與活動的思想不相宜,而斷片則能解決這其中的二律背反。斷片不受任何概念、術語的定義和控制,它以斷簡殘章的形式打破傳統思維與觀念的束縛,借助語言的暗示性、象徵性,實現內涵的無限擴大。斷片同時擅長訴諸讀者的想像力,能在機智的閃念中將各異的事物聯繫起來,不斷深入探索思維的秘密腹地。作家、藝術家的工作不是發現客觀存在的理想並將其傳達給我們,我們需要的是創造和探索本身,這便是斷片賦予我們的智力游戲。

《德國早期浪漫主義美學導論》提到,「只有一個自身充滿無限意義的表達方式才能成為適用於絕對的象徵。這個象徵就是藝術——這種以有限影射無

限同時又不超出有限性界限的手段就是反諷」①。在曼弗雷德‧弗蘭克看來，有限、普通之物只有通過反諷才能暗示絕對，反諷是唯一能解決有限與無限間矛盾的藝術手法。施勒格爾在《批評斷片集》第42則中揭示了浪漫派反諷的本質特徵：「有些古老詩和現代詩，通篇洋溢著反諷的神性氣息。這些詩裡活躍著真正超驗的詼諧色彩。在它們內部，有那種無視一切、無限地超越一切有限事物的情緒，如超越自己的藝術、美德或天賦；在它們的外部、在表達當中，則有一個司空見慣的義大利優秀滑稽演員那種誇張的表情。」② 一方面浪漫派反諷作為一種「漠視一切」「超越一切」的心態展現的是藝術本身超越有限性的自由精神；另一方面反諷自身的兩面性和矛盾性——滑稽戲謔與嚴肅認真的結合——可以促進思維的深入化和獨立性，使限定的語言獲得無限的意義。讓不受約束的思想不斷探索、走向開放、接近真理正是浪漫派反諷的使命。

藝術的開放結構同時召喚「積極的讀者」與「綜合的作者」。對施勒格爾行文晦澀的批評從未間斷過，這多與其常用斷片、反諷等有關。施勒格爾在《論不理解》一文中闡述了自己的思想：「而我之不同於他人之處在於，我尤其不能忍受人們缺乏理解力，缺乏理解力的人沒有理解力，這已是我所無法忍受的，有理解力的人仍缺乏理解力，則更加為我所無法忍受，由是我早已下定決心要與讀者就這個問題進行對話，在讀者自己的眼前，或者說直截了當地按我的意思替讀者勾勒出一種不同一般的新型讀者的形象。」③ 施勒格爾認為，一篇天才的文字從來不可能被完全理解，新型的讀者需要主動地造就自己，不僅要有從中學到更多東西的意願，還應積極地與作者進行對話。但施勒格爾創造新型讀者的願望在讀者的不合作中以失敗告終。

與新型讀者相應的是綜合的而非分析的作者，施勒格爾將自己歸於「綜合的作者」這一類。《浪漫派風格》中提到，「分析的作者按讀者本來的面目來看待作者。他據此考慮問題，開動機器，以期在讀者身上取得相應的效果。綜合的作者則根據讀者應當具有的狀況來給自己設計和創造讀者；他設想的讀者不是靜止僵死的，而是活生生的、有反應的。他讓由他虛構出來的東西在讀

---

① 曼弗雷德‧弗蘭克. 德國早期浪漫主義美學導論 [M]. 聶軍，等譯. 長春：吉林人民出版社，2006：287.
② 施勒格爾. 浪漫派風格——施勒格爾批評文集 [M]. 李伯杰，譯. 北京：華夏出版社，2005：49-50.
③ 施勒格爾. 浪漫派風格——施勒格爾批評文集 [M]. 李伯杰，譯. 北京：華夏出版社，2005：219-220.

者眼前一步一步地變化，或者引誘讀者自己把它虛構出來。他不想對讀者施加任何確定的影響，而是與讀者一道，同最熱忱的協作哲學和協作詩建立神聖的聯繫」①。誠然，作者與讀者之間的互動是藝術開放結構中不可或缺的一環。

　　貝瑟認為，「施勒格爾的浪漫主義從他對費希特的基礎主義的批判中發展而來，簡而言之，施勒格爾的美學是反基礎主義美學」②。的確，施勒格爾的美學思想是其反基礎主義哲學的直接產物，也正是在其反基礎主義美學中，施勒格爾探尋著德意志民族的現代性轉型之路。詩成為施勒格爾探討人生、社會、宇宙問題的最終依據，他甚至在斷片之間的連貫性、一致性中發現了將社會整合為一個統一體的美學力量。

---

　　① 施勒格爾. 浪漫派風格——施勒格爾批評文集 [M]. 李伯杰，譯. 北京：華夏出版社，2005：58.
　　② BEISER F. The romantic imperative: the concept of early German romanticism [M]. Cambridge, MA: Harvard University Press, 2003: 108.

參考文獻

[1] 陳恕林. 論德國浪漫派［M］. 上海：上海社會科學院出版社，2016.

[2] 曹衛東，等. 德意志的鄉愁——20世紀德國保守主義思想史［M］. 上海：上海人民出版社，2015.

[3] 範大燦. 德國文學史［M］. 南京：譯林出版社，2006.

[4] 黃濤. 戲劇、審美與共同體：盧梭和席勒審美政治理論初探［M］. 上海：上海人民出版社，2015.

[5] 蔣孔陽，朱立元. 西方美學通史（三）［M］. 上海：上海文藝出版社，1999.

[6] 柳鳴九. 法國文學史（全3冊）［M］. 北京：人民文學出版社，1991.

[7] 盧世林. 美與人性的教育：席勒美學思想研究［M］. 北京：人民出版社，2009.

[8] 劉小楓. 施特勞斯與古今之爭［M］. 上海：華東師範大學出版社，2010.

[9] 劉小楓，陳少明. 維柯與古今之爭［M］. 北京：華夏出版社，2008.

[10] 劉小楓. 古典學與古今之爭［M］. 北京：華夏出版社，2015.

[11] 劉小楓. 詩化哲學［M］. 上海：華東師範大學出版社，2007.

[12] 汪民安，陳永國，張雲鵬. 現代性基本讀本（上冊）［M］. 鄭州：河南大學出版社，2005.

[13] 伍蠡甫. 西方文論選（上卷）［M］. 上海：上海譯文出版社，1979.

[14] 餘虹. 藝術與歸家——尼採・海德格爾・福柯［M］. 北京：中國人民大學出版社，2005.

[15] 餘匡復. 德國文學史［M］. 上海：上海外語教育出版社，2013.

[16] 朱立元. 西方美學名著提要［M］. 南昌：江西人民出版社，2000.

[17] 周憲. 審美現代性批判［M］. 北京：商務印書館，2005.

[18] 周憲. 文化現代性精粹讀本 [M]. 北京：中國人民大學出版社, 2006.

[19] 張玉能. 席勒美學論稿 [M]. 武漢：華中師範大學出版社, 2009.

[20] 張玉能. 席勒美學引論 [M]. 天津：天津教育出版社, 2015.

[21] 張玉能. 席勒的審美人類學思想 [M]. 桂林：廣西師範大學出版社, 2005.

[22] 張政文, 等. 德意志審美現代性話語研究 [M]. 北京：中國社會科學出版社, 2015.

[23] 以賽亞·伯林. 浪漫主義的根源 [M]. 呂梁, 等譯. 南京：譯林出版社, 2008.

[24] 以賽亞·伯林. 啓蒙的三個批評者 [M]. 馬寅卯, 鄭想, 譯. 南京：譯林出版社, 2014.

[25] 詹姆斯·布賴斯. 神聖羅馬帝國 [M]. 孫秉瑩, 謝德風, 趙世瑜, 譯. 北京：商務印書館, 1998.

[26] 約翰·伯瑞. 進步的觀念 [M]. 範祥濤, 譯. 上海：上海三聯書店, 2005.

[27] 約翰·雷曼. 我們可憐的席勒 [M]. 劉海寧, 譯. 北京：中央編譯出版社, 2007.

[28] 雅克·巴尊. 古典的, 浪漫的, 現代的 [M]. 侯蓓, 譯. 南京：江蘇教育出版社, 2005.

[29] 席勒. 席勒美學文集 [M]. 張玉能, 編譯. 北京：人民出版社, 2011.

[30] 席勒. 席勒散文選 [M]. 張玉能, 編譯. 天津：百花文藝出版社, 2005.

[31] 席勒. 秀美與尊嚴——席勒藝術和美學文集 [M]. 張玉能, 譯. 北京：文化藝術出版社, 1996.

[32] 席勒. 三十年戰爭史 [M]. 沈國琴, 丁建弘, 譯. 北京：商務印書館, 2009.

[33] 席勒. 審美教育書簡 [M]. 馮至, 範大燦, 譯. 上海：上海人民出版社, 2003.

[34] 萊辛. 拉奧孔 [M]. 朱光潛, 譯. 北京：商務印書館, 1984.

[35] 萊辛. 漢堡劇評 [M]. 張黎, 譯. 上海：上海譯文出版社, 2002.

[36] 曼弗雷德·弗蘭克. 德國早期浪漫主義美學導論 [M]. 聶軍, 等譯.

長春：吉林人民出版社，2006.

[37] 馬克斯·霍克海默，西奧多·阿道爾諾. 啓蒙辯證法 [M]. 渠敬東，曹衛東，譯. 上海：上海人民出版社，2006.

[38] 馬泰·卡林內斯庫. 現代性的五副面孔 [M]. 顧愛彬，李瑞華，譯. 北京：商務印書館，2002.

[39] 尼採. 權力意志 [M]. 孫周興，譯. 北京：商務印書館，2007.

[40] 尼採. 悲劇的誕生 [M]. 周國平，譯. 南京：譯林出版社，2015.

[41] 歐文·白壁德. 盧梭與浪漫主義 [M]. 孫宜學，譯. 北京：商務印書館，2016.

[42] 呂迪格爾·薩弗蘭斯基. 席勒傳 [M]. 衛茂平，譯. 北京：人民文學出版社，2010.

[43] 呂迪格爾·薩弗蘭斯基. 榮耀與醜聞：反思德國浪漫主義 [M]. 衛茂平，譯. 上海：上海人民出版社，2014.

[44] 施勒格爾. 浪漫派風格——施勒格爾批評文集 [M]. 李伯杰，譯. 北京：華夏出版社，2005.

[45] 施勒格爾. 雅典娜神殿斷片集 [M]. 李伯杰，譯. 北京：生活·讀書·新知三聯書店，1996.

[46] 維塞爾. 席勒美學的哲學背景 [M]. 毛萍，等譯. 北京：華夏出版社，2010.

[47] 梯利. 西方哲學史 [M]. 葛力，譯. 北京：商務印書館，1995.

[48] 查爾斯·泰勒. 現代性之隱憂 [M]. 程煉，譯. 北京：中央編譯出版社，2001.

[49] 威爾·杜蘭特. 世界文明史：路易十四時代 [M]. 臺灣幼獅文化，譯. 北京：華夏出版社，2010.

[50] 溫克爾曼. 希臘人的藝術 [M]. 邵大箴，譯. 桂林：廣西師範大學出版社，2001.

[51] 卡岑巴赫. 赫爾德傳 [M]. 任立，譯. 北京：商務印書館，1993.

[52] 康德. 純粹理性批判 [M]. 鄧曉芒，譯. 北京：人民文學出版社，2004.

[53] 康德. 判斷力批判 [M]. 鄧曉芒，譯. 北京：人民出版社，2002.

[54] E. 卡西爾. 啓蒙哲學 [M]. 顧偉銘，等譯. 濟南：山東人民出版社，1996.

[55] 萊奧·巴萊特，埃·格哈德. 德國啓蒙運動時期的文化 [M]. 王昭

仁,曹其寧,譯.北京:商務印書館,1990.

[56] 洛夫喬伊.觀念史論文集[M].吳相,譯.南京:江蘇教育出版社,2005.

[57] 羅杰·法約爾.批評:方法與歷史[M].懷宇,譯.天津:百花文藝出版社,2002.

[58] 雅克·勒高夫.歷史與記憶[M].方仁杰,倪復生,譯.北京:中國人民大學出版社,2010.

[59] 艾布拉姆斯.鏡與燈:浪漫主義文論及批評傳統[M].酈稚牛,張照進,童慶生,譯.北京:北京大學出版社,2015.

[60] 史蒂文·奧茨門特.德國史[M].邢來順,等譯.北京:中國大百科全書出版社,2009.

[61] 阿·符·古留加.赫爾德[M].侯鴻勛,譯.上海:上海人民出版社,1985.

[62] 西爾維婭·阿加辛斯基.時間的擺渡者:現代與懷舊[M].吳雲鳳,譯.北京:中信出版社,2003.

[63] 愛克曼.歌德談話錄[M].朱光潛,譯.北京:人民文學出版社,1978.

[64] 彼得·威爾遜.神聖羅馬帝國,1495—1806[M].殷宏,譯.北京:北京大學出版社,2013.

[65] 勃蘭兌斯.十九世紀文學主流·德國的浪漫派[M].劉半九,譯.北京:人民文學出版社,1981.

[66] B.鮑桑葵.美學史[M].張今,譯.北京:中國人民大學出版社,2010.

[67] 狄爾泰.體驗與詩[M].胡其鼎,譯.北京:生活·讀書·新知三聯書店,2003.

[68] 恩斯特·貝勒.弗·施勒格爾[M].李伯杰,譯.北京:生活·讀書·新知三聯書店,1991.

[69] 伏爾泰.路易十四時代[M].吳模信,沈懷潔,梁守鏘,譯.北京:商務印書館,1996.

[70] 弗里德里希·梅尼克.世界主義與民族國家[M].孟鐘捷,譯.上海:上海三聯書店,2007.

[71] 弗里德里希·梅尼克.歷史主義的興起[M].陸月宏,譯.南京:譯林出版社,2010.

[72] 利維斯. 偉大的傳統 [M]. 袁偉, 譯. 北京: 三聯書店, 2009.

[73] 於爾根·哈貝馬斯. 現代性的哲學話語 [M]. 曹衛東, 譯. 南京: 譯林出版社, 2011.

[74] 赫爾德. 反純粹理性——論宗教、語言和歷史文選 [M]. 張曉梅, 譯. 北京: 商務印書館, 2010.

[75] 赫爾德. 赫爾德美學文選 [M]. 張玉能, 譯. 上海: 同濟大學出版社, 2007.

[76] 黑格爾. 美學（第一卷）[M]. 朱光潛, 譯. 北京: 商務印書館, 1996.

[77] 亨利希·海涅. 浪漫派 [M]. 薛華, 譯. 上海: 上海人民出版社, 2003.

[78] 吉登斯. 現代性的後果 [M]. 田禾, 譯. 南京: 譯林出版社, 2000.

[79] 吉登斯. 現代性與自我認同 [M]. 趙旭東, 等譯. 北京: 生活·讀書·新知三聯書店, 1998.

[80] 雷納·韋勒克. 近代文學批評史（第一卷）[M]. 楊自伍, 譯. 上海: 上海譯文出版社, 2009.

[81] 朱光潛. 德國啓蒙運動中的美學思想——鮑姆嘉通、文克爾曼和萊辛等 [J]. 北京大學學報（哲學社會科學版）, 1962, 7 (2): 3-18.

[82] 李宏圖. 民族精神的吶喊——論18世紀德意志和法國的文化衝突 [J]. 世界歷史, 1997 (5): 29-37.

[83] 張興成. 赫爾德與文化民族主義思想傳統 [J]. 西南大學學報（社會科學版）, 2012 (1).

[84] Willian A. 威爾森. 赫爾德: 民俗學與浪漫民族主義 [J]. 馮文開, 譯. 民族文學研究, 2008 (3): 171-176.

[85] 劉淵. 論弗·施萊格爾的小說理論與創作實踐 [J]. 外國文學研究, 2008 (1): 152-157.

[86] 胡繼華. 愛欲昇華的敘事: 略論F.施萊格爾的《盧琴德》[J]. 上海文化, 2014 (6): 97-110.

[87] W.韋措爾德. 弗·施萊格爾的藝術史觀 [J]. 洪天富, 譯. 美苑, 2005 (4): 20.

[88] 高建平. 席勒的審美烏托邦及其現代批判 [J]. 陝西師範大學學報（哲學社會科學版）, 2006 (6): 38-44.

[89] 曹衛東. 從「全能的神」到「完整的人」——席勒的審美現代性批

判 [J]. 文學評論, 2003 (6): 169-174.

[90] 曹衛東. 德國保守主義: 一種現代性話語 [J]. 學海, 2006 (4): 84-96.

[91] 張政文. 席勒美學: 一種重建的政治哲學現代性話語 [J]. 文藝研究, 2006 (12): 29-37.

[92] 張玉能. 席勒論藝術與人性的異型同構 [J]. 華中師範大學學報 (人文社會科學版), 2003 (4): 30-38.

[93] 張玉能. 席勒的審美人類學 [J]. 武漢科技學院學報, 2002 (2): 1-4.

[94] 周憲. 審美現代性的四個層面 [J]. 文學評論, 2002 (5): 45-54.

[95] 周憲. 審美現代性的三個矛盾命題 [J]. 外國文學評論, 2002 (3): 5-13.

[96] 楊春時. 論審美現代性 [J]. 學術月刊, 2001 (5): 43-47.

[97] 盛百卉. 德、法文學領域「古今之爭」辨析——以現代性時間觀念為視野 [J]. 南京師大學報 (社會科學版), 2015 (1): 154-160.

[98] 劉勇. 「古今之爭」與美學現代性 [J]. 新疆大學學報 (哲學·人文社會科學漢文版), 2007 (5): 125-128.

[99] 柳玫玲. 「古今之爭」與現代性的自我確證 [J]. 中外文化與文論, 2011 (2): 172-177.

[100] 劉劍. 「古今之爭」中的萊辛及其《拉奧孔》[J]. 集美大學學報 (哲學社會科學版), 2009 (4): 46-50.

[101] ELIZABETH MILLAN-ZAIBERT. Friedrich Schlegel and the emergence of romantic philosophy [M]. Albany: SUNY Press, 2007.

[102] ERNST BEHLER. German romantic literary theory [M]. Cambridge: Cambridge University Press, 1993.

[103] BEISER F. The romantic imperative: the concept of early German romanticism [M]. Cambridge, MA: Harvard University Press, 2003.

[104] NISBET H B, CLAUDE RAWSON. The Cambridge history of literary criticism IV [M]. Cambridge: Cambridge University Press, 1997.

[105] BERNSTEIN J M. German aesthetics and literary criticism: Winckelmann, Lessing, Hamann, Herder, Schiller, Goethe [M]. Cambridge: Cambridge University Press, 1985.

[106] JOSEPH M LEVINE. The battle of the books: history and literature in the Augustan age [M]. New York: Cornell University Press, 1994.

[107] JULIET SYCHRAVA. Schiller to Derrida: idealism in aesthetics [M]. Cambridge: Cambridge University Press, 1990.

[108] KATHLEEN WHEELER. German aesthetic and literary criticism [M]. Cambridge: Cambridge University Press, 1984.

[109] PETER FIRCHOW. Friedrich Schlegel's Lucinde and the fragments [M]. Minneapolis: University of Minnesota Press , 1971.

[110] TERRY PINKARD. German philosophy 1760—1860 [M]. Cambridge: Cambridge University Press, 2002.

[111] PETER K KAPITZA. Ein büergerlicher Krieg in der gelehrten Welt: zur Geschichte der Querelle des Anciens et des Modernes in Deutschland [M]. München: WilhelmFink Verlag, 1981.

[112] DIETER HENRICH. Beauty and freedom: Schiller's struggle with Kants Aesthetics' [M] //Essays in kant's Aesthetics, Chicago: Chicago Universty Press, 1957.

[113] HANS EICHNER. Friedrich Schlegel's theory of romantic poetry [J]. Pmla, 1956, 71 (5): 1018-1041.

[114] HERBERT M SCHUELLER. The quarrel of the ancients and the moderns [J]. Music & Letters, 1960, 41 (4): 313-330.

[115] TISCH J H. 「Poetic theology」: 「paradise lost」 between aesthetics and religion in 18thcentury Switzerland [J]. Notes et Documents, 1975, 49 (2): 205-230.

[116] JOACHIM BIRKE. Gottsched's opera criticism and its literary sources [J]. Acta Musicologica, 1960, 32 (4): 194-200.

[117] EATON J W. Bodmer and Breitinger and European literary theory [J]. Monatshefte fuer Deutschen Unterricht, 1941, 33 (4): 145-152.

[118] ROBERT WEIMANN. Past significance and present meaning in literary history [J]. New Literary History, 1969, 1 (1): 91-109.

[119] ROYAL J SCHMIDT. Cultural nationalism in herder [J]. Journal of the History of Ideas, 1956, 17 (3): 407-417.

[120] WALTER GROSSMANN. Schiller's aesthetics education [J]. Journal of Aesthetic Education, 1968, 2 (1): 283-291.

[121] GILLIES A. Herder's preparation of romantic theory [J]. Modern Language Review, 1944, 39 (3): 252-261.

[122] IBERSHOFF C H. Bodmer and Milton [J]. The Journal of English and

Germanic Philology, 1918, 17 (4): 589-601.

[123] PAUL GUYER. Free play and true well-being: Herder's critique of Kant's aesthetics [J]. The Journal of Aesthetics and Art Criticism, 2007, 65 (4): 353-368.

[124] HANS-ROBERT JAUSS. Literaturgeschichte als Provokation [M]. Frankfurt: Suhrkamp, 1970.

[125] PETER SZONDI. Das Naive ist das Sentimentalische: Zur Begriffsdialektik in Schillers Abhandlung, in Lektüren und Lektionen [M]. Frankfurt: Suhrkamp, 1978.

國家圖書館出版品預行編目（CIP）資料

弗.施勒格爾與德國古今之爭 / 王淑嬌 著. -- 第一版.
-- 臺北市：財經錢線文化，2020.05
　　面；　公分
POD版

ISBN 978-957-680-399-4(平裝)

1.德國文學 2.文學史 3.文學評論史

875.9　　　　　　　　　　109005410

書　　名：弗‧施勒格爾與德國古今之爭
作　　者：王淑嬌 著
發 行 人：黃振庭
出 版 者：財經錢線文化事業有限公司
發 行 者：財經錢線文化事業有限公司
E - m a i l：sonbookservice@gmail.com
粉 絲 頁：　　　　　網 址：
地　　址：台北市中正區重慶南路一段六十一號八樓 815 室
8F.-815, No.61, Sec. 1, Chongqing S. Rd., Zhongzheng Dist., Taipei City 100, Taiwan (R.O.C.)
電　　話：(02)2370-3310　傳　真：(02) 2388-1990
總 經 銷：紅螞蟻圖書有限公司
地　　址：台北市內湖區舊宗路二段 121 巷 19 號
電　　話：02-2795-3656 傳真:02-2795-4100　　網址：
印　　刷：京峯彩色印刷有限公司（京峰數位）

本書版權為西南財經大學出版社所有授權崧博出版事業股份有限公司獨家發行電子書及繁體書繁體字版。若有其他相關權利及授權需求請與本公司聯繫。

定　　價：280元
發行日期：2020 年 05 月第一版
◎ 本書以 POD 印製發行